香港作家巡禮

香港山旮旯

文婷　徐振邦

拿着書本，一起遊走山旮旯

《香港山旮旯》是一本微型小説集。

　　本書取名「山旮旯」，是書中所收錄的四十一篇微型小説，以香港十八區不同的景點為背景。雖然不是帶領讀者走入偏遠的地區，但文章內容遊遍了香港各區的大街小巷，也開啟了讀者的眼界。讀者閱讀文章時，除了可以認識微型小説的文體外，也可以細味到香港不同地區的景點特色。換言之，這是一本關於香港故事的微型小説集。

什麼是微型小説？

　　微型小説屬短篇小説類，一般以 1,500 字為限，有時還會用小小説、極短篇等名稱。由於微型小説篇幅短小、主題清晰、結構嚴謹、內容豐富、用字精煉，可謂短小而精桿，稱得上是「麻雀雖小，五臟俱全」的文體，適合任何階層人士閱讀。

　　《香港山旮旯》的所有文章，全部規範在 1,500 字內，內容所提到的，都是圍繞香港十八區所發生的生活故事。

為什麼要寫香港？

　　微型小説的寫作素材是源於生活，因此，大部分內容是取材自身邊的人和事。

　　《香港山旮旯》嘗試點出香港各區不同的景點，帶出香港市民的生活片段。當中所描述的地方，有熟悉的地標，也有陌生的環境。總之，兩位作者領着讀者遊走香港每一區，讓讀者認識屬於我們的香港，認識微型小説。

兩位作者首次以香港為主題，完成了四十一篇文章，並出版成書。《香港山旮旯》的出版，並不是寫作計劃的完結，而是一個開始。只要讀者喜歡，《香港山旮旯》會繼續出版下去，成為有香港特色的微型小說專集。

{觸動推薦}

❝ 在透析香港情事，呈現具質感的文學書寫，本書無疑十分耐讀。❞

作家 陳志堅

❝ 這是一卷多采多姿的香港十八區微型風情畫！❞

陳荭校長

❝ 婷與邦的小說，既分開又交疊。
我喜歡社區的感覺，更愛飲食故事。❞

社區覓食作者 蕭欣浩博士

推薦序

作家梁科慶

從小説見證舊香港的珍貴紀錄

在 WhatsApp 收到振邦與文婷師徒合著的微型小説集,頭痛了,因眼睛不好,在屏幕上看文稿,多看就累。明知是佳作,又奉命寫序,當然不敢怠慢,幸而是一千字左右的微型小説,很快看完一篇,不傷眼耗神。

這幾天,讀讀停停,一篇一篇的細味,忽然想起劉以鬯先生。

唸小學時,家裏訂閲《快報》,在外面玩累了,回家無聊,學大人看報,最愛讀副刊的「每日完小説」。那些一千幾百字的作品,題材多元,故事天天不同,文字精簡易讀,節奏爽朗,短短的篇幅包含小説的起承轉合、情節跌宕、人物描寫、心理刻劃,篇篇精彩,不就是今天的微型小説嗎?長大後,認識劉老,常聽他説文壇、報壇的舊事,他告知當年擔任《快報》的副刊編輯,常用不同的筆名撰寫「每日完小説」。我於是厚着臉皮跟劉老説,我從小就是他的書迷。

從當年的劉老,到今天的振邦與文婷,大家都在努力創作微型小説,這是一種文學的傳承。縱然時代變遷,今天的報紙早沒為微型小説提供發表園地,卻無礙作者的創作,尤其振邦,他對微型小説的熱誠,十年如一日,不僅持續多產,還策劃多種推廣項目,如寫作坊、講座、徵文比賽等,有心有力,令人佩服。

振邦是老朋友,寫作風格我相當了解,他的新作,既保持一貫的高水平,亦不難看出他的多方嘗試,不斷求新求變求突破。他也是香港一位掌故專家,課餘攜着相機遊走港九新界離

島，大街小巷、名勝古蹟都有他的腳蹤，這本小説以十八區的風物切入，他當然駕輕就熟，如數家珍。舊區老店，故人舊物，信手拈來，從容不迫。活在當下，追憶過去，探搜前路，啟發讀者反思自身，言教身教，正是為師之道，振邦啟發文婷，也是傳承。

　　文婷是新文友，沒見過面，如果文如其人，我猜想她是個感性的女孩，擅長以文字談情説愛，在她的筆下，除了不能或缺的男女之情，還有家人、同學、鄰里等的情誼，紙短意長，言簡情深，細膩動人。另外，沒猜錯的話，她也愛吃、懂吃，甚至可以入廚做吃，因為飽滿多汁的沙田紅燒乳鴿、冬菇亭龍蝦伊麵、三文魚牛油果沙拉、韭菜炒蛋、梅香鹹魚、潮州粿條、腸粉皮薄而嫩、串燒魚蛋等，她寫來毫不費力，色香味全。書寫香港，道地美食不能缺席。創作不能閉門造車，沒在街上吃過腸粉魚蛋，不會寫得如此傳神。

　　時代變遷，社區重建，不獨街頭小吃逐漸在我們眼皮底下消失，舊樓老街也湮沒在城市規劃之中，懷舊成為我們的集體情懷，振邦與文婷的作品見證舊香港的風物人情，從檔案學的角度，正是一份珍貴的文字紀錄。

他為微型小說開了一道大門

不時有朋友誇我能幹，說我在教書、創作、編教材及出版等領域均有表現，我也一度以為可以擔當這些讚美，直至認識了徐振邦兄，才明白「振邦」與「家興」在志向上的重大區別。如果我介紹朋友認識徐兄，他們一定反過來罵我懶散。

以這個 5 月為例，我是不敢開始寫這篇短序的。看到他豐碩的成果，就像課堂作文，才過了二十分鐘，他已在為最後一段作首尾呼應，而我的原稿紙仍僅能擁有唯一的優點——清潔。徘徊愁思之際，徐兄回頭疾呼：「『序』無可恕！」得到徐兄「大力」鼓勵，我才清醒過來，明白必須循「序」漸進。

短短的一個月，他辦了三、四場實體講座，一兩場線上分享，向學界及公眾推廣微型小說。我濫竽充數，成為他勵志故事中的一個小角色。但他不以我為「小」，講座前，細心安排內容、流程，一絲不苟。我說了算，他卻全面地想到微型小說的路向。這幾年，尤其不得不佩服他規劃及實踐的能力。

講座之外，他主力籌辦微型小說徵文比賽、工作坊、培訓班等等，資源有限，幸而他的親和力和辦事能力足夠彌補不足，受惠的老師、同學漸漸增多，已成學界重要的寫作力量。我在路旁樂觀其成，這快樂的感覺，既現在，又肯定屬於「將來」。

徐兄也寫微型小說理論，但最叫人佩服的，是他不遺餘力地寫作，以及持續不斷地以新穎的形式出版。《香港山旮旯》一定是讓人津津樂道的一本。作者方面，師生合著，見證微型小說薪火相傳，令人感動。內容方面，此書以香港十八區作背

景，每區找一個景點，說一些故事，構思不落俗套。通過香港各區景點的描述，讀者一定會發現自己的足跡，感到特別親切。

我家住中西區，自然先翻到那一節，並開始「文學散步」，在作者帶領下，徐兄帶我走到匯豐總行，文婷帶我乘電車，不同風格，各有風味，短短的文字，引發豐富的聯想和思考，故事、人物、景點、哲理、感情、歷史等等，濃縮成一段段懸念、獨白、對話，等待大家聆聽。兩位作者站在微型小說的大門說：「歡迎，這邊請。」他們的聲音，清脆爽朗。

我剛好站在門口，這次決定不做門外漢了，便即拿起書，跑到付款處，準備漫遊《香港山旮旯》。

故事地圖

屯門區

1

一樣的日出

/ 文婷

　　小美看着新聞報道：每天攀升的確診人數，不由得皺起眉來。要知道，在疫情之前，她也算是個飛行里數過千里，跨越了三大洲、兩大洋的人。

　　芝琳是小美的大學好友，大學時期，她們常常結伴旅行，因為經費有限，所以她們常常在凌晨調好鬧鐘起床搶機票，即使是窮遊，但依舊很快樂；可惜在畢業後，大家各自忙碌，再也沒能聚在一起旅行了。

　　最近流行起「staycation 宅度假」的新潮流，算是在家附近度假。小美聽完直搖頭，旅行對她來說就是檢視新事物的過程，在熟悉的地方又怎麼會有驚喜的心情呢？但抵不住芝琳盛情邀請，她還是請了假，跟芝琳到家附近的黃金海岸酒店預定了三日兩夜的房間。

　　到酒店入住後已是下午，等辦好入住手續後，她們決定到酒店附近一個香港最大的，也是唯一人工泳灘——黃金泳灘逛一逛。小美和芝琳漫步在沙灘上，傍晚的海風拍打着海岸，海水開始慢慢往下退，露出了更多細膩的沙子。小美一邊逛沙灘，一邊不耐煩地回覆上司的訊息，真是連放假也不安心。不到一會兒，小美驚覺頸處一陣冰涼。

「小美，現在我們可是在澳洲的海灘度假喲！你這樣做可對不起這 360 度無敵大海景呢！」說完便又捧起海水灑向她，小美原本有些惱，但聽完後迅速把手機放進背袋裏，也捧起水撲向芝琳。就是這樣你撲我，我撲你，時間彷彿回到了大學時代，在澳洲海邊遊玩時的情景。

在海邊玩水後，她們一起買外賣回到酒店。兩人回憶着：那時候生活貧窮，住在連電視也沒有的廉價酒店。為了節省開支，在當地的 7-11 解決兩餐，也曾試過凌晨五點起床看日出。「不就是太陽罷了，我們好像沒見過似的，要摸黑起床去看。」說完兩人哈哈大笑起來。

兩人不僅聊了工作上遇到的趣事，還講起了大學同學們的近況，說着說着，不知不覺間，已經是凌晨的五點半了，小美看了看手機，顯示日出時間為五點四十五分。

「我們還看日出嗎？」趴在床上的小美看着旁邊的芝琳。

「當然，我們所住的是無敵海景房間呢，只要拉開窗簾，我們就能看到日出了。」

日出如期出現，像顆掉進海裏的蛋黃，從海平面緩緩、緩緩升起。

「是和當年一樣的日出呢！」小美讚歎道。

「當然是一樣的，這是同一個太陽呢！」

說完，芝琳便心滿意足地閉上眼睡着了。

小美想說的是：因為你，我才擁有跟當年一樣的心情，在看到日出時，興奮而期待的心情。

不過，這時在小美身邊，已響起了芝琳因睡得太香而發出的均勻呼吸聲。

屯門區

2
都市傳説

// 徐振邦

A 是屯門人，卻在香港島上班。雖然感覺上兩地相距很遠，但香港的交通方便，仍在一小時生活圈之內，稱不上是舟車勞頓。

對於全公司只有 A 是非香港島居民，他們對 A 住在屯門一事，卻甚有興趣。

他們經常問的是：「以前，你是否跟其他屯門人一樣，都是騎牛上學嗎？」

面對這個「都市傳説」，A 經常輕描淡寫地説：「屯門人當然是騎牛。」

有時，A 還會為騎牛的事，添上一些有趣的情節：在學校門外有泊牛處、牛隻可以在馬路上優先行走、有專門為牛隻提供飼料的「加油站」、一家人最多可以有四頭牛代步⋯⋯，總之，把屯門人騎牛上學的事，變得合理化。

「以前我相信屯門人是有牛的，但聽了你的話後，我反而覺得是虛構的。」同事甲提出疑問。

乙點着頭：「這個都市傳説都給你説爛了。」

「最初，是你們要求我説的，」A 反駁説，「我只是把我的所見所聞，告訴給你們知道而已。」

「如果這個都市傳説是真的，現在還可以看到關於牛隻的遺跡嗎？」丙開始挑戰 A 的説法。

A 想了一想，然後説：「你們是想去看看屯門區的都市傳説嗎？」

同事們聽得入神，抱着半信半疑的心態，卻不敢回應。

「有一個幾乎所有屯門人都知道的都市傳説，」A 故作神秘地跟同事們説，「我可以帶你們看看。」

甲説：「好的，我想去看一看。」

其他在場的幾個同事，也表示有興趣去看個究竟。

「『擇日不如撞日』，我們下班就出發吧。」A 建議着，「然後，我們可以去三聖附近吃海鮮。」

於是，幾個人在下班後，一起乘搭屯馬線到屯門站。

從沒有到過屯門的同事，對屯門感到很新奇，無不驚嘆原來屯門並不是想像中的農村城市，亦不相信屯門人曾經是騎牛上學。不過，既然來到屯門，也不妨跟 A 走走看看，揭穿都市傳説的真面目。

他們幾個人轉乘輕便鐵路來到兆麟站。A 解釋着：「前面就是老鼠洲，再向前走就是三聖。」

同事們隨着 A 走，走入老鼠洲兒童遊樂場。

「遊樂場有一艘中式帆船造型的設施，很有特色，

屯門區

也是香港首個環保公園。當年，公園共花費了 2,600 萬港元呢。」A 在公園內開始説着屯門區的故事。

「這裏跟都市傳説有關嗎？」甲指着天空説，「天已黑了，可能看不清楚什麼都市傳説了。」

「屯門區最有名的都市傳説就是在這裏。」A 突然把聲線壓低，然後，在手提電話按了幾個鍵，「關於屯門區都市傳説的資料，已經用 WhatsApp 傳了給你們。」

幾個同事不約而同地翻開手機，第一句顯示出來的是：「老鼠洲兒童遊樂場的鬼故事⋯⋯」

然後，他又壓低聲音説：「天黑了，公園會⋯⋯」

他還未説，幾個同事向公園出口方向逃走了。

元朗區

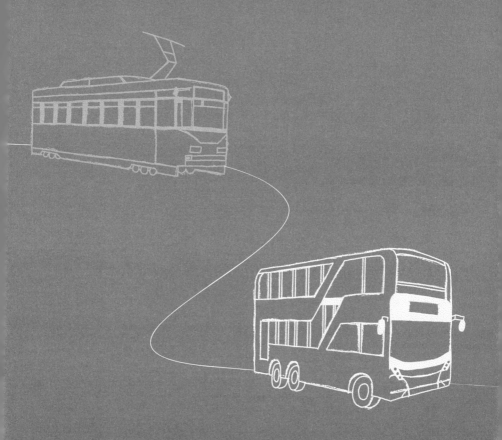

3

老婆餅

// 徐振邦

老媽愛吃老婆餅。

以前，老媽每次到元朗探望姨姨後，都會帶一盒老婆餅回家。老媽經常說：「這是香港手信，海外馳名，有不少人專程去元朗，就是為了買老婆餅。」

對於老婆餅是否香港名牌，我是沒有興趣的。當時，我還年幼，只要是有得吃，已經很足夠，所以，我只會問從元朗回來的老媽：「買了老婆餅沒有？」然後，老媽拿出老婆餅，我們一起大快朵頤。我試過一口氣吃了三個老婆餅呢。那種滋味，實在是難忘。

有一次，老媽猶如食家一樣說：「剛出爐的老婆餅，新鮮熱辣，是最美味的。」

然而，老媽把老婆餅從元朗帶回香港仔家中，老婆餅只能餘下室溫。莫說是剛出爐的味道，就連帶點微暖的口感，我也沒有嚐過。「新鮮熱辣」的味道，我唯有加點幻想力，在思想中品嚐。

雖然如此，我覺得室溫下的老婆餅味道也不錯，尤其是能跟老媽一起享用香港地道美食，所嚐到的味道指數自然會有所提升。

直至姨姨移民後，老媽幾乎沒有再去過元朗，也沒

有買過老婆餅了。那種老婆餅的味道,以及跟老媽二人吃老婆餅的畫面,只能留在我的記憶裏。

這天,我難得要到元朗工作,趁有時間,順道去買老婆餅做手信。

「我把老婆餅放在保温盒,然後馬上回家,那麼,老婆餅應該還是微温的。」我心想,「老媽應該已好幾年沒吃過還有餘温的老婆餅吧。」

我返到家中,滿心歡喜地把裝有老婆餅的保温盒拿出來時,一股香味馬上從保温盒撲出來。老媽嗅到味道,望着我説:「是老婆餅的味道嗎?」

「是的,」我繼續説,「你是否很懷念這味道呢?」

老媽笑了一笑,然後取了一個老婆餅,「還是暖的,怪不得還有一股香味。」

「剛出爐的老婆餅,新鮮熱辣,是最美味的。」我像鸚鵡學舌一樣,把老媽昔日説的話,重覆了一遍。

老媽又是笑了一笑:「你還記得這句話。」

「是的。」

「你知道嘛,老婆餅最美味的,其實不是新鮮熱辣。」

「那是什麼?」

「每次我從元朗帶回家的老婆餅,全都是姨姨買的。」老媽望着老婆餅説,「她千叮萬囑,要我把老婆

餅帶給你吃。」

「你一定很掛念姨姨吧。」

老媽點點頭。

「不如在復活節假期，我們去外國探望姨姨吧。」

「真的可以嗎？」媽媽開心地說。

「當然可以，」我說，「我們還要帶老婆餅給姨姨做手信。」

老媽大笑着說：「好的，好的。這次我們要在異地吃香港的地道美食。而且，我們三人未試過一起吃老婆餅呢！」

元朗區

4

小南的願望

/ 文婷

已經是深夜了，小南媽媽換好鞋子，躡手躡腳地打開小南的房門，深深地看了一眼兒子的臉，然後幫他蓋好被子，整理了放在桌上的功課，關了燈。

這天是學校的親子遊，目的地是元朗南生圍。小南坐在校車上悶悶不樂，因為爸爸媽媽都要上班，抽不到時間陪他參加旅行，只能讓工人姐姐跟他一起來。

他聽着身邊同學和他們爸爸媽媽的親暱對談——

「媽媽，媽媽。你看，旁邊的樹上有好多綠色的香蕉。」

「對呀，香蕉沒有成熟的時候都是綠色的，成熟才會變成黃色。」

車仍在搖晃，小南有些難過，鼻子也開始發酸。

誰知，剛剛下車，他看到了媽媽。他不相信似的，揉揉眼，卻清楚看見媽媽跟他招手。小南尖叫了一聲，馬上飛奔到媽媽身邊，咧開嘴，哈哈大笑起來。

這天，小南和媽媽一起，走進了南生圍，輕舟小船慢慢搖曳，看到一大片蘆葦草和一排長長的桉樹。陳老師跟同學們介紹道：「在上世紀二十年代，南生圍及其以北的地方都是灘塗，到了四十年代被改為稻田……南生圍作為一個濕地，每當退潮，便可以看見彈塗魚和招

潮蟹。這時，也是許多雀鳥最佳的覓食時間。」話剛說完，只見一隻黑臉琵鷺用牠像勺子樣的嘴巴，將一條小魚銜緊嘴裏，旋即便把嘴裏的小魚讓給旁邊的小琵鷺。

第一次見到這樣的奇景的小南，激動得直搖媽媽的手說：「媽媽，媽媽，你看那隻大黑臉琵鷺正在餵小琵鷺呢！」

「對呀！天下的媽媽都會將自己最好的，留給自己的孩子呢！」

看到這個畫面，小南若有所思。

那天晚上，小南夢見媽媽變成了一隻黑臉琵鷺，他則是變成了那隻小琵鷺，緊緊地跟在媽媽身旁。看着兒子睡夢中甜甜的笑，她回想起了那天晚上看見的那篇，寫給媽媽的一封信的作文。上面有一段是這樣寫的：

媽媽，最近見你的時間越來越少了，我知道您工作一定非常忙。那天，你問我想要什麼生日禮物，我多麼希望您能陪我參加到南生圍的親子活動，但我知道一定不行，所以我對您說：沒有生日願望。

第二天起來，小南媽媽在餐桌上看到一張紙條，上面寫着：謝謝媽媽！感謝您總是像黑臉琵鷺一樣在外面辛苦覓食，今天是我的生日，也是您的受難日。媽媽，您辛苦了！

5

日落

// 徐振邦

「你看，下白泥的日落很美，不如我們去看看吧。」女朋友開着 IG 的照片，向着他撒嬌説。

「下白泥？在哪裏？」他目不轉睛地專注手機遊戲，只是敷衍着説。

女朋友有點不滿地説：「元朗。」

「好吧。我們在周末去下白泥吧……」

女朋友勉強擠出笑容，知道他不會把這件事放在心上。

結果，周末沒有去下白泥，再下一個周末也沒有去，再再下一個周末仍是沒有去，再再再下一個……

///////////

這天，他一個人在下午時分來到下白泥，在村口的士多買了一支汽水，打聽了在下白泥看日落的資料，再瀏覽天文台網站的日落資訊，然後向着海邊出發。

下白泥的日落，是香港有名的景色之一。每天都吸引到不少人前往下白泥，拍照留念。他隨着人潮來到欣賞日落的最佳位置，然後靜靜地等待日落。

「原來下白泥的日落真的很美，」他終於看到這裏的日落美景，拿出手提電話，拍了幾張照片，心想，「難

怪女朋友經常嚷着要來看看。」

翌日，他在早上再次來到下白泥，並在下白泥村找到一間出租村屋。

雖然村屋位置不太理想，也看不到日落，但從這裏步行到欣賞日落的地方，只有幾分鐘步程。

「這樣的話，女朋友每日都可以看到日落了。」他很滿意這個安排，「女朋友應該覺得滿意了吧。」

他想到這裏，沒有半點猶豫，馬上跟業主簽了租約，準備隨時搬入下白泥。

之後一段日子，他親自裝修新居，還為搬屋的事忙得團團轉。「雖然交通不太方便，但只要女朋友覺得滿意，我也覺得是值得的。」

他心裏有一個計劃：「我要下星期搬到下白泥，跟女朋友欣賞日落。」

終於，來到了新居入伙的日子。他微笑着說：「我記得，你說喜歡看下白泥的日落，是嗎？」

他又說：「現在住在這裏，你可以隨時看日落了。」

「放心，我會陪你去看日落的。」過了一會兒，他繼續說，「我不會再欺騙你的，真的。」

他一個人，不斷自說自話。

說完，他把放了女朋友照片的相架，輕輕放在桌

上，然後戴上鑲有女朋友骨灰的紀念吊墜，説：「我們出發吧。」

北區

6

新祥街 X 號

/ 文婷

　　客廳的時鐘慢慢地走到五時正。阿晴怒氣沖沖地從家門外進來，把書包往沙發上一甩，然後進了房間，把門關了起來。

　　或許是她實在是太生氣，「我竟然比不上一件衣服重要，這樣的朋友，不要也罷。」她嘴裏唸唸有詞，「氣死了！氣死了！」

　　事情是這樣的——

　　每天放學的時候，同樣都是住在上水的阿晴和阿美，總喜歡結伴回家，途中她們喜歡四處閒逛。例如，她們經常到商務印書館看看是否有新出版的漫畫、她們又喜歡到新祥街 X 號的「串燒店」，吃個痛快。她們認為，那裏有全上水最美味的燒烤：有烤燒賣，烤魚蛋⋯⋯。她們認為，這間「串燒店」不僅價廉物美，還是她們建立及鞏固友誼的聚腳點。

　　就是這樣，她們兩個人常常磨磨蹭蹭到六點才慢慢走回家。日子就是這樣日復一日地重複着，持續了好幾年，直到早上，終於結束——

　　那天，她們二人在洗手的時候，阿美取笑阿晴說：「班裏的小強似乎很欣賞你呢！你喜歡他嗎？」

北區

剛剛洗完手的阿晴假裝兇狠，拍了拍阿美的衣服，一個不留意，她整件衣服就濕了一塊。阿美看見衣服無端被弄濕了一大塊，認為阿晴是故意的。於是，你甩水給我，我甩水給你，結果，兩個人都濕透了。

　　阿晴大叫了一聲：「再也不要和你玩了。」然後，阿晴跑開了。

　　此後，即使兩個人在同一個班，再也沒有講過一句話。放學回家時，她倆各自回家，再也沒有結伴同行過。

　　同學間也察覺了異樣，直到有人說：「是的，阿晴本來就不好相處，仗着自己成績還可以，就以為自己了不起，不怎麼跟別人說話。」

　　聽到這裏的阿美感到很生氣。因為阿美知道：阿晴的成績是她努力無數夜晚後，才得出的成果，只是她的性格內向且慢熱，卻被說成是高傲。這是對阿晴的不公平指控。阿美心感不忿，馬上辯駁到：「你不知道的事，就不要隨意評論別人！」

　　當阿美還顧不上同學們的反應時，她突然意識到，自己好像失去了什麼。於是，她拿出手提電話，尋找那個熟悉的電話號碼，然後傳上訊息：「老地方見。」

/////////

　　正在街上流連的阿晴，看到一個熟悉的訊息，馬上

招了招手，截了一部的士，繫上安全帶後，她報出地址：
「師傅，麻煩請到新祥街 X 號。」

　　阿晴知道，老地方就是那個屬於她們的地方。阿晴很心急地說：「可否快一點，我今天要去赴一場約，一場關於友誼的約會。」

7

失業

// 徐振邦

疫情爆發，導致他的收入大不如前，在後來的日子，他的收入更是歸零。

這天，他來到一間於上星期結業的店舖門前，回憶起五年前的畫面——

「你們把大量貨物堆在路旁，是會阻塞道路的。」他拿着「大聲公」，大聲指罵着店舖職員。

「顧客太多，請你體諒。」店員客氣地回應。

「不要跟我來這套，」他依舊大聲責罵，「你們要走水貨，也不應該影響市民的生活。」

站在他後面的幾個人，手持橫額和標語，隨着他的指揮，大叫：「不要水貨！不要水貨！」

店員沒有理會他，轉身就走；而他則繼續在店舖前叫囂，還跟幾個水貨客發生爭執，雙方更有推撞的動作。

過了不久，警方來調停，雙方的混亂情況才稍為緩和。其實，這樣的場面，每星期都在街頭上演，大家也見怪不怪了。

//////////

他抬頭望着藥房的招牌，想起了四年前的畫面——

「不要水貨！不要水貨！」他如常來到藥房門前，繼續打擊水貨客阻街。

職員見到他來到門前，也象徵式地安排水貨客移走貨物，騰出行人路的空間。

他一邊叫罵，一邊跟水貨客有肢體衝撞。這時，他看到一個熟悉的身影：「你⋯⋯媽⋯⋯怎麼你⋯⋯」

他拉着母親，然後，靜悄悄地退下火線。

「你為什麼會在這裏？」他有點不滿地問道。

「為什麼？」母親理直氣壯地說，「當然是為了錢。錢，你有嗎？」

他沒有回應，也不知道怎樣回應。

「如果再沒有錢，到了月杪，我們就要露宿街頭了。」母親把手上的奶粉遞給他，「不如你也跟我⋯⋯」

「不可能。」他原來想甩開母親的手，不過，他沒有這樣的力氣。

///////////

他用手摸着藥房的閘門，他清楚記得三年半前的情況——

「媽，你這樣可以多帶一罐奶粉。」他嫻熟地裝着貨物。

「只是半年光景，你已經是經驗老到的水貨客。」

母親揶揄着他説。

　　他沒有放慢工作，一邊入貨一邊跟母親説：「你還是少説廢話，我們今天要多走一轉貨。」

　　「知道了，知道了。」

　　這時，有一班曾經跟在他身後的人，拿着橫額走近藥房。他拉一拉鴨嘴帽，戴好口罩，催促着母親：「走吧。」

　　//////////

　　他蹲在藥房門前，望着水靜鵝飛的街道，已不敢相信：這裏曾經是人貨爭路的主要戰場，也是他經歷人生轉折的地方。

大埔區

8

老陳的春天

/ 文婷

　　小陳最近覺得爺爺老陳很不妥當，這兩天總是早早就出門，將近中午才回來，晚上吃完飯又再出門，臨近睡覺才回來，洗澡的時候還會哼歌。這實在是太稀奇了。

　　小陳問老陳是否最近有興趣來個黃昏戀？老陳嫌棄地回答：「沒個正經，我是去運動啦！你快三十歲連一春都開不了，我已經是七十多歲了，哪裏還有春天？我看，冬天已經來了。」

　　因為老陳提及自己的婚姻大事，小陳唯有採取迂迴戰術，用微笑掩過。小陳隨即打開電視機，電視節目《東張西望》正報道在公園裏的「大媽」開着大喇叭，連接麥克風，在公園裏隨着歌曲妖嬈地扭動身軀；還有些上了年紀的老伯，手裏拿着紅包，以便賞賜跳舞時經過自己身旁的「大媽」。

　　小陳算了算，短短幾分鐘時間，「大媽」手裏已經拿了不少張面值二十元的港幣，轉眼已賺了兩百多。這個工作真的比專業歌手還賺錢呢！由於小陳不想再看「大媽」這種有礙瞻觀的扭動舞蹈，小陳馬上轉台。

///////////

早上，小陳起床準備晨跑，剛剛到電梯前，便遇上隔壁的張嬸看着他眼睛笑起一條縫來：「今天這麼早，也打算到大埔公園陪爺爺跳舞嗎？你爺爺扭起來，比那個領舞的大媽還要精彩呢！完全看不出來已經七十多歲了，哈哈。」

　　小陳不知發生什麼事，只好苦笑了一下，沒有回應。

　　小陳怕老陳被騙，在圍着大埔公園跑步時，焦點卻是在尋找老陳。可是，小陳跑了一大圈，也沒發現老陳的蹤影。直到跑步回家，小陳看見爺爺正從一罐黃的綠的罐子裏，倒出幾個丸子。小陳拿起一看，是一罐並不知名的保健品，馬上問道：「爺爺，怎麼突然想起來要吃保健品？之前爸爸給你買，你還生氣，説浪費金錢，喝點牛奶就好。你現在竟然主動買保健品，還説不是遇見了第二春？」

　　「胡説什麼？這是黃阿姨給我推薦的。既然我已花了錢，那就別浪費。」

　　「誰是黃阿姨？我怎麼沒聽説過？她就是那個領你跳舞的阿姨嗎？爺爺你可千萬別被人騙了。一個只是在跳舞時所認識的阿姨，你怎麼就敢買她亂七八糟的藥吃？最近，新聞報道也有提到，大埔區有很多這樣的騙局！」

小陳氣得拉起老陳，馬上就要找那個黃阿姨理論。老陳說了很久，才勸住了他。原來黃阿姨是住在隔壁那棟樓的，剛剛退休，在退休前的黃阿姨還是一名舞蹈教師呢。由於黃阿姨覺得退休在家的日子悶得慌，打算集結屋苑裏的老友記，一起學習跳舞，還可互相交友解悶。認識了許多新朋友的老陳有了盼頭，再也不需要每天在家等着孩子下班回家，過得可開心了，至於這個保養品，是黃阿姨做醫生的兒子推薦的，是預防老年人骨質疏鬆用的，為了還能再靈活幾年，老陳也開始保養起來了。

　　不久，大埔公園老年跳舞團裏有個年輕的小夥子，在一群老年人裏特別突出，不是因為他特別年輕，而是因為他跳起舞來，笨手笨腳的，讓路人看得哈哈大笑起來。

9

重逢

// 徐振邦

「爺爺，爺爺……」一個只有幾歲的小朋友拉着我說。

我轉身望了望小朋友：「我不是你的爺爺呢。」

小朋友退後了兩步，呆呆地看着我。

「乖孫，我在這裏。」這時，一把聲音傳來。

我和小朋友的眼球不約而同地朝向聲音來源。「爺爺。」小朋友馬上一個箭步撲上前。

「爺爺」很緊張地說：「你要拖着我，不要亂跑。我怕你走失了……」

我望着對方——一個跟我的外形、面貌、身高、衣着都有點相似的人。我對着這位似曾相識又是陌生的「爺爺」，我口中竟然不其然地吐出一句：「哥哥。」

//////////

那年，我大概只有三歲，發生了一次意外，昏了過去。當我醒來時，許多片段都變得模糊。在我印象最深的，是有一個孿生哥哥，但我已找不到他。

我每次問起哥哥的事，家人都是支吾以對。漸漸，我再沒有在家人面前提起過哥哥的事。

在我腦海裏，那些零碎而模糊的片段，一直保留

着。可是，哥哥叫什麼名字？我不知道。哥哥的樣子是怎樣的？我記不清。我和哥哥發生了什麼意外？我沒有印象。發生意外的地點在哪？我只記得有一個「大」字。是大埔嗎？我不肯定。其實，我真的有一個哥哥嗎？我相信是有的。

當時，我識字不多，但肯定是有「大」字；我還記得有單車，有燒烤……，所以，我覺得我有機會在大埔跟哥哥相遇。

成年後，我搬到大埔居住，在大埔找工作，後來還在區內開設了租單車和燒烤場。除了大美督是主要經營地點外，大埔舊墟、汀角路一帶，我都有分店，算是在區內有點名氣的店舖。

「哥哥一定會到大埔踏單車、燒烤的，就像那天一樣。」我一直期待那天的來臨。結果，我在大埔等了逾半個世紀，直至今天。

//////////

「你真的是我的弟弟嗎？」那個叫「爺爺」的人激動得流着淚說，「我是你的哥哥，是失散了七十年的哥哥。」

「我在這裏等了很久很久。」

「自從你被拐子帶走之後，爸爸、媽媽和我都不敢

再去燒烤了。」哥哥一手拉着孫兒，一手捉着我，「這次，我不要再跟你走失。」

「爸爸、媽媽？」

「是，當年這裏發生過幾起拐帶小朋友事件。你是其中一個被帶走的小孩。」

「那麼，以前在我家的父母又是誰？」

「可能就是用錢買你的人，他們肯定不是你的親生父母。」

「怪不得，他們一直不肯提起關於哥哥你的事，原來是另有內情。」我恍然大悟。

「對不起，是我們不敢再來這個地方，怕觸景傷情。」哥哥繼續說，「我們應該像你一樣，一早要再來這裏，希望有重逢的奇蹟出現。」

「不要緊，我們現在還是重逢了。」

「幸好你仍堅持着。」

我連忙用力點着頭，緊握着哥哥的手：「為什麼你今天來到大埔？」

「我的孫子嚷着要踏單車，」哥哥摸着孫子的頭，「全靠他，全靠他，我們重逢了。」

沙田區

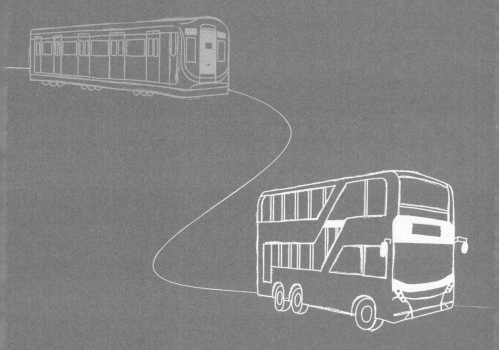

10

望夫石

// 徐振邦

疫情緩和，政府宣布限聚規定有所放寬，而最新放寬的場地是燒烤場。

悶了多時的弟弟，急不及待地說：「不如去燒烤吧。」

「雖然燒烤有點熱氣，但能在戶外走走，也是不錯的。」對戶外活動不甚興趣的姐姐，也難得同意。

兩姐弟望着爸媽，擺出等待判決的樣子。

爸爸說：「如果爺爺嫲嫲也答應，那就沒有問題了。」爸爸把問題交給爺爺嫲嫲處理。兩姐弟的目光亦轉投到坐在沙發上的爺爺嫲嫲身上。

「我隨時可以出發。」意料之外，爺爺想也不想就動身了；而嫲嫲也站了起來說：「去紅梅谷，好嗎？」

平日難得有一致意見的一家六口，今次竟然很快就達成共識。或許，是疫情令他們更團結。結果，六個人隨即收拾物品，準備出發到燒烤場。

「我已經很多年沒有到過這裏了。」剛到埗，爺爺變得有點雀躍，「以前，我和嫲嫲經常從這裏起步，慢慢步上望夫石。」

嫲嫲邊笑邊搖着頭說：「現在走不動了，上不到望夫石。」

沙田區

「一步一步走，登上望夫石，應該不會太難的。」爺爺扶着嫲嫲説，「我們試一試吧。」

「好，好，好。」

正在準備燒烤爐的爸爸大叫道：「我們還未開始燒烤呢！」

可是，爺爺嫲嫲卻自得其樂，沒有理會爸爸的呼叫，起步登上望夫石。

爺爺和嫲嫲兩個人享受登山樂，沿途還跟馬騮逗着玩。兩位老人家慢慢登山，走了差不多一小時，終於到了望夫石。

「你還記得嗎？」爺爺伸了伸腰，「以前我年輕時，曾經攀上望夫石石頂，在石頂上寫着 I Love You。」

「你看，就是有你這樣的人，把石頭都劃花了。」嫲嫲偷笑着指着望夫石説。

爺爺仰望石頂：「現在已沒有攀上石頂的本領，不知道當年的字跡還可以看到嗎？」

「我們在這裏看看風景就夠了。」嫲嫲拉着爺爺走到石旁，看着沙田一帶的景色。

「這裏真的變了不少，以前這裏還未有發展。」爺爺指着沙田回憶着，「上次我們登山時，已經是很久的事了。當時的城門河兩岸，還未有興建密密麻麻的

樓宇。」

「對。現在山下都是大廈了。」嫲嫲覺得有點婉惜，「以前沒有拍照留念，看不到以前的風光。」

「我們現在可以拍照留念呢。」爺爺拿出手提電話，跟嫲嫲自拍起來。

當兩位老人家拍得開懷時，手提電話響了起來：「喂？」

「你們終於聽到電話了。」爸爸不滿地說。

「剛才沒有留意有電話響聲。」

「你們現在在哪？我們一早已開始燒烤了。你再不回來，你們的食物就給馬騮搶走了。」

「不要緊，你們和馬騮一起燒烤吧。」爺爺繼續說，「我和嫲嫲要欣賞風景，稍後就會下山。」

「你們不是說要燒烤嗎？為什麼……」爸爸還未說完，爺爺就掛了線，並關了手提電話。

11

回鄉

/ 文婷

「坐坐坐，很久沒見啦，想不到你保養得這麼好，竟沒什麼變化。」看着眼前拄着拐杖，走得顫顫巍巍、頭髮花白的老人，阿雅由原本的詫異不解轉為同情，只微微點頭一笑便走進了龍華。

龍華酒店，位於沙田火車站附近一條破敗的小徑上，走上來也純屬是意外。母親於溫哥華病逝，臨終前只是念叨着，遺憾未能回到故鄉，所以阿雅買了票，回到了一千二百里之外的故土——沙田下禾輋。這趟行程，阿雅是為了散心，也是為了圓母親的心願。

酒店與現代的城市似乎有些格格不入，內裏的設計還停留在某個年代，燈籠微微透出些紅光，路邊的花叢則照射出五彩的光，光怪陸離，明明晃晃間恍若置身上世紀八十年代的香港。她咬了口出名的紅燒乳鴿，內裏飽滿的汁水從口腔溢出；她還看到牆上印刷着食客和老闆的合照……。她平靜地看着這一切，就像酒店門口旁的那隻上了年紀的鸚鵡般呆滯。

酒店內碰杯的聲音，從喉嚨深處迸發出的生日快樂的祝福，奏唱的生日歌，賓客間的嬉笑怒罵，瞬間消音。她分明看見酒店掛着一幅客照，那張和她樣貌幾近一樣

的面容，掛着和煦的微笑。時間恍若回到某個午後，她指着媽媽客廳擺放的一張1980年代的照片嘲笑她老土，媽媽不屑地說：「我那時可新潮了，生日都是去龍華酒店過的呢！」她突然掩面，止不住地開始啜泣起來。內心的淒涼和思念，像怦然跌碎的玻璃杯，任由玻璃破碎一地。

秋風送爽，秋夜時分，伴隨着涼涼的晚風，已經開始有客人稀稀落落地離開，他們興奮地說道：「再見，有空再聚！」

阿雅走在掛滿紅色燈籠的長廊，在心裏說：「媽媽，再見！」

沙田區

12

原隻紅燒乳鴿

// 徐振邦

老伯在沙田鐵路站下車，經過排頭村，走到下禾輋。老伯走得慢，一般人無須十五分鐘的步程，老伯卻走了逾半小時。

老伯喘着氣，慢步走上樓梯，到了一家食肆，找了一個座位，坐了下來。

「要你走一段樓梯，實在不好意思。」老闆鍾太見老伯坐在椅上休息着，馬上上前招呼。

老伯還是沒有力氣回應，只是以微笑作回應。

過了一會兒，老闆沖了一壺茶：「仍舊是普洱茶嗎？」

老伯呆了一呆，望着老闆說：「你還記得？我已經十多年沒有來這裏了。」

「你是老顧客，怎麼會不記得。」老闆繼續說，「時間過得真快，轉眼又十多年了。」

「這裏也變了很多……」老伯四顧張望，然後指着食肆另一個角落說，「孔雀還在嗎？」

「還有一隻。」

老伯點點頭，然後又嘆了一口氣：「早陣子，我看到報紙有提到酒店即將要結業的報道。這裏真的要結業了嗎？」

「經營環境困難，沒法子。」老闆苦笑了一下，「這次可能真的要結業。」

「我原本只是想在離開這裏前，來吃一頓晚飯，沒想到，這次變成了最後一次。」

「你要移民？」

「不是。我要入住老人院。我身體不好，到了老人院之後，或許，不能再外出了……」老伯搖搖頭，按着右腳，「腳不好，走樓梯也覺得困難。」

老闆拍拍老伯的肩膊：「你還很壯健。」

「今天只管吃喝，什麼事也要擱在一旁。」老伯指着餐牌説，「照舊是原隻紅燒乳鴿，不用切。」

「好的，還要什麼？」

「李小龍最愛的中式牛柳，還有菠蘿咕嚕肉，金庸的菜膽上湯雞，紅線女的黃酒藥膳煮土雞，還有張活游經常來吃的菜遠炒牛肉，對嗎？」

老闆望着老伯，有點不敢相信：「你仍記得影星名人喜愛的菜式，實在厲害，但這也太多了吧？」

「這次，我要吃得豪一點，」老伯説，「算是道別的晚餐。」

沙田區

13

無聲告白

　　荃灣大河道一帶，素來就是美食愛好者的天堂，有泰式甜品，日式壽司，台式炸雞，其中還有家開了許久的腸粉店。這間腸粉店經常大排長龍，因為腸粉皮薄而嫩，醬汁鮮美，味道一試難忘；而最重要的，是價格便宜。阿城每次經過腸粉店都會買來吃，漸漸也成了熟客。

　　經營腸粉店鋪的是一對潮州夫婦，夫妻倆很勤奮，從早上八點多圍着圍裙，便開始張羅開店。阿城上班經過時，只見老闆娘熟練地在磨漿石內倒入米漿，老闆則在熬煮醬料，兩人合作有條不紊地進行，只不過到了繁忙時段，排隊的隊伍就從腸粉店門口排到了另一條街，兩個人卻總有點忙不過來，問及原因，老闆解釋道最近生意好了不少，暫時還沒有請到人。

　　到了傍晚，腸粉檔的人流少了許多，阿城經過排隊的時候，才留意到店裏多了個十六、七歲的男生，眉宇間便知是老闆的兒子。他身材瘦削，架着一副黑框眼鏡，站在收銀機旁邊，面無表情地將顧客的腸粉包裝好，然後平淡地説出餐點的號碼，好讓客人收取。期間男生和老闆娘還似有爭執，老闆娘往門口的方向擺了擺手，只見男生往外看了眼，什麼也沒説，繼續低下頭來

包外賣。阿城順着男孩的方向望去，只見老闆拿了張椅子，佝僂着背坐下，快速吃着晚餐。

他們説的是潮州話，阿城一句也沒聽懂，待老闆娘離開工作崗位，只見男孩伸手到高處拿下一個錢包，背着他鼓搗了一會兒。阿城看着男生的動作，已經猜的七七八八了。誰不曾年少過呢！想當年，為了買到喜歡的高達，他也曾試過幾次從爸爸的錢包偷偷拿錢呢！之後給家人知道後，家人大罵了他一頓，並且沒收了他一個月的零用錢呢！誰曾想，當年那個無知少年如今已經成家立業，並且開始贍養父母——他今早才給兩老轉了五千元。

看着老闆緩緩走回，男生也隨即換下圍裙，走了出門。不消一會兒，老闆拿着碗回到店裏，只低頭看了眼手機，便伸手扒到櫃子的錢包一看，然後罵了一句：「死衰仔」。

阿城想跟老闆表示自己是第一人證的時候，老闆娘拿着水桶進來説道：「他已經中六了，讓他別來幫忙，抓緊時間溫習，他就是不聽。不過還好的，是他自己也很爭氣，這次還考了年級第二。」老闆揚了揚錢包説道：「給了他五百，讓他好好招呼來家裏溫習的同學，你看，現在還給我三百，這個臭小子！」説完還樂呵呵地笑了。

那個默默無言在包外賣的男生樣子又浮現在腦海裏，阿城慶幸自己沒有説出自己的「過分解讀」。這時，他收到一條來自父親的短訊，上面寫着：「我們花不了什麼錢，還是把錢留給孫子交學費吧！」

14

聖誕大餐

　　兩夫婦收入微薄，連同唸幼稚園的兒子，一家三口住在出租屋。雖然他們一家不至於生活拮据，但手上經常沒有餘錢。

　　他倆知道無論生活有多困難，都要儘量滿足兒子的要求。這大概就是為人父母的心態。

　　那年，兒子在幼稚園知道了在聖誕節時，可以吃聖誕大餐，於是嚷着要在聖誕節吃大餐。

　　「一個聖誕大餐動輒要百多元，三個餐連加一小費，可能就是一張『大牛』了。」父親細聲地跟母親說。

　　母親拿出錢包，點算錢包內的金錢：「我們勉強還可以負擔得來。」

　　「我們吃得平宜一點吧。」這個月，父親開工不足，明白生活已是捉襟見肘，要滿足兒子的要求，實在不容易。

　　母親安慰父親說：「我們已很多年沒有慶祝聖誕了。不如趁着聖誕節，我們去飽頓一餐吧。」

　　父親點點頭。

　　基本上，他們一家平日是不會外出吃飯，儘量節省金錢。難得決定外出，他們也不知道在哪裏可以吃到便宜的晚餐。

三個人在川龍街一帶開始溜達，經過幾間食肆卻不敢推門內進；他們一直走，穿過沙咀道、大涌道，然後到了香車街。

　　「不如就這裏吧。」母親抱着兒子走了一段路，已覺得有點累了。

　　「在熟食市場買外賣吧，可以買幾款不同的美食，當是聖誕大餐。」父親表示同意，「這裏應該有很多選擇吧。」

　　就是這樣，他們點了很多美食，有米線、有牛雜、有燒味、有甜品，當然還有火雞。他們一家人把幾袋大餐帶回家中享用。

　　「這個就是聖誕大餐嗎？」兒子興奮地説。

　　「是的，這個聖誕大餐豐富嗎？」

　　兒子左手拿着汽水，右手用匙盛着食物，吃得津津有味。

　　「我以後每年都要吃聖誕大餐。」

　　「沒有問題。」父親承諾兒子説。

　　可是，之後幾年，因為家庭經濟問題，他們並沒有吃過聖誕大餐了。

//////////

　　今年，兒子中六畢業，順利找到一份穩定的工作，

可以在經濟上幫補家計，一家三口的生活壓力，才得到紓緩。

「你們還記得聖誕大餐嗎？」兒子問。

父親和母親都點點頭，卻有點尷尬地說：「記得，我們只吃過一次聖誕大餐。」

兒子笑着說：「不如，今晚我們再去吃一次，好嗎？」

「香車街熟食市場嗎？」

兒子搖搖頭。

「去哪兒吃？」母親好奇地問。

「去餐廳，吃一次真的聖誕大餐。」兒子接着說，「我的工作過了試用期，加了薪。」

父親有點無奈地說：「你不會怪我們，沒有帶你去吃過大餐嗎？」

「當然不會。」兒子回應着，「那一次其實不是什麼聖誕大餐，我當時已經知道了。不過，那次我吃得很高興，到現在，我還記得清楚當晚吃大餐的畫面。那次的大餐，我已經覺得很滿足了。」

母親拉着兒子的手，笑了一笑：「是的，那晚我們吃得很開心。」

「我們去餐廳，莎樂美，好嗎？」兒子拉着父親和母親，「我們出發吧。」

葵青區

15

冬菇亭

/ 文婷

　　住在石籬的阿婷，每天放工都會經過熟食亭——是公共屋邨獨有的食肆設施。由於它的外形像個冬菇，大家都稱它冬菇亭。

　　將近深夜，其他的小店陸續關門，即使沒有冷氣設施，冬菇亭的食肆張開一張張桌椅，讓食客伴着繚繞的煙和啤酒，夜生活才剛剛開始。

　　每天經過冬菇亭的時候，阿婷都會看見一個身材略胖的老闆娘，永遠熱氣騰騰地問：「你們有多少人？今日飲藍妹，還是青島？」雖然戴着口罩，但阿婷似乎能想像到她口罩後面那張因為激動而染着紅暈的臉。幾個月前，阿婷的臉上也常常掛着滿足的笑容，而經歷一場災禍，她失去了她的依靠和笑容。

　　今天是兒子軒軒的九歲生日，明明答應了兒子要和他吃大餐，可是，下班太晚了，她只能帶着兒子來到冬菇亭，點了一份龍蝦伊麵。

　　軒軒很開心，因為這是他最喜歡吃的麵，以前只要他在學校表現好，爸爸就會在週末獎勵他吃一次。他用稚嫩的手，夾起伊麵，遞到媽媽的碗裏，然後說：「媽媽，我會很聽話，以後，就由我來代替爸爸給你夾麵吧！」

阿婷的眼眶瞬間就紅了，她看着兒子，一個字也説不出來。等到結賬的時候，阿婷摸摸褲袋，卻發現忘了帶錢包，腦子裏卻有一萬個想法跑出來，怎麼總是遇上難事？怎麼會忘記帶錢包？老闆娘會不會覺得她騙吃騙喝？他們怎麼可以説她剋夫？他們母子到底要怎樣生活？老公，你為什麼這麼狠心離我們而去？

　　在她眼淚即將迸發之前，老闆娘笑着説：「沒事，沒事，是忘記帶錢包了嗎？明天來給我就好了。小朋友，生日快樂喲！阿姨這裏有份炒錯單的龍蝦伊麵，阿姨送你當做生日禮物好了。」

　　//////////

　　那個女人身型單薄，留意到她，是因為好幾次見到她的時候，都能看見她不停地用衣袖擦拭眼角，她是在哭嗎？卻又沒有一點聲響，只能看見肩膀的起伏和身體的抽動，是遇上什麼難事了嗎？再次見到她，是她帶兒子來吃飯，她跟兒子説：「軒軒，生日快樂！」然而，她卻沒動過筷子，之後，聽見小孩用稚嫩地童聲説：「媽媽，我會很聽話，以後，就由我來代替爸爸給你夾麵吧！」是會很艱難的，艱難到連哭也沒有了力氣，就像二十年前，她一個人帶着兒子來冬菇亭求職，老闆娘看見她和兒子，便熱情對她説：「你來幫我的忙吧！」她

擦了擦手，喃喃道：「明天天氣又要轉暖了呢！」

////////////

　　從冬菇亭回家，要經過一條長樓梯，走上去要邁大約一百多級台階，以前下班的時候，她覺得這條樓梯很難很難，要拖着疲憊了十二小時的身軀跨越台階，而前方是一片茫茫；今天，她突然覺得前面的路，生出些光亮來，軒軒說：「媽媽，我們來比賽吧，看誰最快衝到上面！」

　　「好！」

16

奶茶蛋撻

// 徐振邦

　　老友搬屋，我上門替他安裝電腦設備，順道送上小禮物，祝賀他新居入伙。

　　這裏雖然是新居，但只是二手物業，已有十多年樓齡。不過，在石籬這個舊區中，附近都是舊式工廠和舊樓，幾乎都是半個世紀以上建築物，因此，相較之下，老友所住的屋苑仍是區內最新的樓盤。

　　老友住在五十樓頂層，我站在客廳的玻璃窗前，看着外面的舊區，一望無際，毗鄰的舊式大廈都收在眼底下，讓我有居高臨下的感覺。

　　我在老友新屋忙了半天，然後準備離開。

　　「不如到我家樓下的會所走走。」老友提議着說。

　　「會所？」

　　「這裏有一個會所，面積不大，但設備還是不錯的，有游泳池，有健身室，還有一個休憩閱讀的空間。」

　　我沒有回應，坦白說，我對會所的設施不太感興趣。

　　「到酒樓用餐，好嗎？」老友繼續說，「忙了半天，吃飽再走吧。」

　　「不用了，」我婉拒着說，「我還有事要辦。」

　　「什麼事？」

我跟老友説：「其實我想到舊區走走，你有興趣嗎？」

老友有點詫異：「舊區有什麼值得去的地方？」

老友很現代化，對潮流物品甚有興趣；至於對舊事舊物，總是提不起勁。

「我以前在附近工作過一段短時間，想重遊舊地，緬懷一下而已。」

「我跟你走走吧，反正我沒有去過這個舊區。」老友本來不想去舊區，但似乎想盡地主之誼，跟我去舊區走走。

我走着走着，跟老友介紹舊區的風光：「這裏以前是戲院，還曾經有豔舞表演。」

「你看過了嗎？」

「當然沒有。」我尷尬地笑着，並連忙搖着頭。

老友平日只到新式的大型商場逛街，完全不認識舊區小店。於是，我當上了半個導遊，帶着老友在舊區遊走，講解舊區的變化。最後，我們來到一個舊式的茶餐廳前。

「這間舊式茶餐廳差不多有五十年歷史了。」我建議説，「你要嚐一嚐老牌舊餐廳的味道嗎？」

老友點點頭：「好的，試試無妨。」

「新鮮蛋撻剛出爐。」我們還未坐下，伙記就向我

們推銷蛋撻。

「我記得這裏的蛋撻是不錯的，一人一個吧。」

伙記又說：「今天有新推出的奶茶蛋撻，是限量發售的，要試嗎？」

「奶茶蛋撻？」老友聽到有新產品，急不及待要試，「也來兩個，一人一個吧。」

結果，我們左手一個傳統口味的蛋撻，右手一個奶茶蛋撻，猶如專業食家一樣，品嚐蛋撻的美味。

「我覺得傳統的蛋撻是最好，配上一杯熱奶茶，是一流的享受。」我堅持着傳統的味道。

老友卻唱反調：「奶茶蛋撻感覺很『潮』，味道也不錯，加上一杯凍利賓納加檸檬，簡直是最佳的配搭。」

「傳統的東西不是你的口味。」我笑着說，「不過，難得你肯到舊區走走，還找到你喜歡的『潮物』，算是不枉此行吧。」

老友懶得回應，繼續咀嚼他的奶茶蛋撻，享受在舊區中找到的新事物。

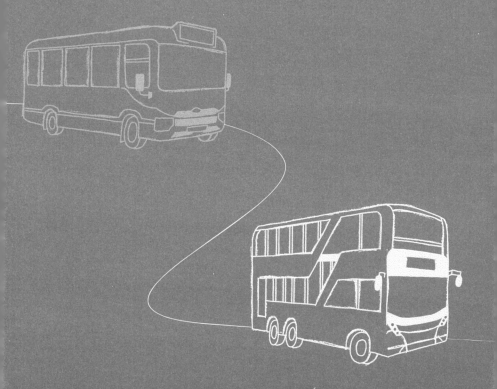

西貢區

17

父

/ 文婷

　　阿陳在傍晚接到他爸爸的電話，此時，他正忙着一份報告，要趕在下班前交給上司。阿陳看見來電顯示是並不重要的「老陳」時，他並沒有打算將電話拿起。

　　父親「老陳」是退休漁民，閒來無事就出海捕魚，以及打電話來問他，是否有空來拿魚。阿陳猜想都是不重要的小事，所以不想理會，直至電話不厭其煩地震動了好幾分鐘，阿陳才決定接聽。

　　「下班了嗎？」

　　「還沒有呢，有什麼事嗎？」

　　「最近銀行的定期存款高達五厘呢，可是跑去銀行查詢，職員卻說，要收兩百元手續費，但是在網上銀行進行定期，是免費呢！可是，我不太會用網上服務。」

　　「這樣，我現在很忙，待我有空的時候再教你好嗎？」阿陳從小長大都住在萬宜灣新村，居民多數是出海打漁的老漁民，至於年輕人大多外出工作，或者搬到市中心，留下來的長輩們平時使用手機也僅限於打電話和使用聊天軟件。

　　「可是今天就是優惠期的最後一天了。」電話的那頭，聲音有些緊張起來。

「待我下班後，我再教你好嗎？」

在經過一輪和工作的艱難作戰，阿陳終於坐上了回家的巴士，於是他開始教導父親如何使用網上銀行。

「很簡單的，你找到賬戶服務一欄，就有定期存款的。」

「我按了好幾次，為什麼都不正確呢？是在銀行卡上面的賬號嗎？」電話那頭的老陳苦惱地說。

「你之前申請過網上的賬號嗎？」

「還要申請嗎？這麼麻煩的。」

「天哪！你連賬號都沒有，竟然還想要在網上存款？」阿陳在聽到回答後，頓時崩潰起來，音量也因此大了好幾個度，引得旁邊的乘客紛紛側目。

阿陳唯有匆匆指導老陳按申請賬號的按鍵，如有疑問再打電話。

坐在對面的小孩在被媽媽沒收了電話後，百無聊賴地晃動着雙腿，多次「飛象過河」，踩着阿陳的新鞋。阿陳瞪着小孩，可是，熊孩子似乎還不以為意。

這時家長也看見了，低聲地提醒他擺放好雙腳，免得踩到別人。可是，沒過多久，熊孩子還是坐不住，再次踩到阿陳的新鞋。那位媽媽頓時激動起來，厲聲道：「都教你多少次了，好好坐，你都弄髒叔叔的鞋子了，

馬上道歉。」

　　看着小孩一臉驚恐的樣子，阿陳反而覺得不好意思起來，忙忙擺手說沒關係沒關係，說自己小時候比他更調皮。

　　才剛剛説完，他頓時想起小時候的他，也是經常在「搞破壞」，不是將鄰居曬的魚乾拿去餵貓，就是將爸爸出海的漁網剪破。幸好有陳爸和陳媽耐心的教導，他才不至於太壞呢。

　　這時，電話鈴聲又再響起。

　　「兒子，我剛剛成功做了定期，多虧了老王的兒子今天回家吃飯，幫了大忙。我今天出海撈到了幾條黃立倉，你有空就過來拿吧！」

　　「爸，我現在就來。」阿陳站了起來，準備下車轉乘小巴到西貢。

18

兩兄弟

// 徐振邦

　　上世紀七十年代，大孖和細孖二人在調景嶺的寮屋區長大。

　　他們叫大孖和細孖，其實不是親兄弟，只是二人是同年同月同日出生，又住在毗鄰，所以，是感情很好的童年玩伴，猶如兄弟一樣。

　　寮屋區的居住環境不好，又經常發生火災。在1980年代初，鄰居的寮屋意外起火，火勢一發不可收拾，殃及附近一帶幾十間寮屋。這次意外，大孖和細孖兩個家庭都受到影響。最後，兩個家庭被安置到不同的地方，二人被迫分開，並失去聯絡。

　　那個年代，由於通訊不發達，加上二人的年紀還小，他們無法找到對方。雖然如此，大孖相信，細孖一定會跟他遇上的。

　　長大後的大孖，搬到以前木屋區附近的樓宇居住，並在區內工作：「總有一天，我們會在相同的地方見面的。」

　　事實上，許多昔日住在寮屋的人，仍在區內居住。大孖遇到不少舊日的鄰居。每次見到相熟的人，大孖都會向對方打聽細孖的消息。

儘管一直沒法聯絡細孖，但大孖仍很樂觀地面對：「沒有消息，不就是好消息嗎？」

　　其後，大孖還積極參加區內的義工服務，希望能夠接觸到更多區內的街坊，方便他的尋人工作。

　　一轉眼，二人已經有四十年沒有見面了。

　　這天，大孖的家人趕到醫院，告訴即將要離世的大孖，說：「細孖一家原來是移民了。」

　　大孖用了最後的力氣，氣若游絲地說：「怪不得我找不到細孖，他移民到哪裏？」

　　「澳州。」

　　「他生活得好嗎？」

　　「聽說，細孖當上了老闆，生意還不錯呢。」

　　「真的嗎？」大孖露出了一絲笑容，「那我就安樂了。」

　　家人吞吞吐吐地說：「真……真的。」

　　大孖閉上雙眼，然後安祥地離開了。

　　家人不知道大孖是否猜到這只是一個謊話，但家人能看到大孖微笑着、安樂地離開，也算是為大孖做的最後一件事。

　　家人按照大孖的遺願，把遺體捐給大學醫學院。因為大孖知道，這樣做的話，自己的名字就可以留在將軍

澳華人永遠墳場內的「將軍澳華永大體及無言老師紀念花園」內。大孖曾經說過：「就算死了，我也要留在附近的地方，讓細孖回來時，可以找到我。」

這天，屬於大孖的一塊新紀念牌匾，安裝在墳場紀念墓園內。

//////////

在牌匾的不遠處，有一個人來到墳場：「細孖，你堅持死後要葬在這裏，這樣真的會遇到你所說的大孖嗎？」

觀塘區

19

福伯

/ 文婷

阿美在秀茂坪邨附近一家叫「美味佳」的舊式茶餐廳工作。她是一名收銀員，偶爾也會充當樓面的角色；在客人不多的時候，她會應老闆的要求，站在門口吆喝。越到深夜，客人越多，來來往往的的士司機常在這裏落腳吃宵夜，稍作休息後，再去開工。

她見到福伯，是在某個夜晚。

那是個頗為寒冷的夜晚，只見一個阿伯拖着一架手拉車，上面是厚實的紙皮。當他經過「美味佳」的時候，他看着丟在門口的紙皮，正在猶豫着是否可以把紙皮拿走時，阿美挨着門口隨口說了聲：「不要了，你可以拿走。」

那個阿伯頓時露出感激的笑容，然後熟練地用腳把紙皮踩成豆腐塊的形狀裝回到像座小山似的手拉車上。他從嘴裏呵出的氣，在寒冷的冬天下，化成一縷煙。

阿美轉身拿了熱水遞給老伯，老伯再次感激地說謝謝。阿美不由得感歎道：「太可憐了！」

麵檔正在煮麵的蘭姐不屑道：「你還是可憐一下你自己吧，福伯可比你有錢多了。他住在私人樓，只是年紀大，晚上睡不着覺，才走出來拾紙皮，鍛煉一下

身體。」

　　阿美這時才知道，這個拾紙皮的老人叫福伯，也是附近的老街坊。當阿美想到人家出來工作也不過是為了「鍛煉身體」，阿美為自己剛才那點卑微的同情心感到可笑。

　　之後，阿美再次見到福伯的時候，是在街市買菜。

　　臨近傍晚，街市的青菜便開始跳樓大甩賣。阿美擠在一檔賣菜檔口前，面對一群生怕吃虧的人在搶菜。在忙亂中，有個阿伯把一份菜伸在阿美面前，阿美抬頭，方發現是「有錢人」福伯。阿美有些吃驚，但也跟他打招呼道：「你也來買菜？」

　　福伯不好意思地點點頭，轉而拖着身旁身體瘦弱的婦人，鑽進人群裏。

　　又過了一段日子，阿美有時聽見有人提及整天來拾紙皮的福伯，最近竟沒有出現，賓客間你一言，我一語。

　　「那個福伯是住在附近的樓宇，還是私人樓呢？」

　　「福伯早就把德運樓賣掉了。説起來，福伯也是晚景淒涼。他的太太在前幾年得了乳腺癌，為了治病，福伯早就把樓賣掉了。」

　　「福伯已經一把年紀了，拾紙皮又能賺什麼錢呢？」

　　阿美聽到這裏，又看着眼前壘砌了厚厚一層的紙

皮，阿美心想：「最近沒有見到福伯，是發生了事故嗎？如果早知道福伯生活困難，我應該每天在收工後，把賣剩的食物轉送給他。當初，我為什麼沒有問他現在住在哪裏呢？」

　　就在阿美感到後悔時，在她眼前出現的，是福伯推着坐在輪椅的太太⋯⋯

20

押

// 徐振邦

　　最近，婆婆的心情有點不佳，家人卻不知道發生什麼事。後來，婆婆的家人發現：婆婆的戒指不見了。

　　究竟是何時不見了？在哪裏不見了？沒有人知道。不過，婆婆對遺失戒指的事，卻沒有説什麼。

　　我是婆婆的孫子，雖然不是同住，但我們都是住在觀塘區，經常到婆婆家裏吃飯，所以也想了解事件。

　　「戒指是怎樣的？很貴重嗎？」我好奇地問。

　　「金戒指是公公的遺物，一直戴在我左手的無名指上。」婆婆説。

　　「那枚金戒指很有紀念價值，婆婆應該不會隨便除下來。」我猛然醒起來，「是不是婆婆你除下了戒指，放在別處？」

　　婆婆依然沒有回應，然後關上了房門休息。

　　對於失竊事件，完全沒有頭緒，我還是不要胡亂猜測，只希望婆婆不要太傷心就好了。

//////////

　　這天，我經過裕民坊時，看到婆婆進入了一間當舖。

　　我等待婆婆從當舖走出來後，馬上從另一道門進入當舖：「剛才那位婆婆是來當押嗎？」

二叔公望望我，說：「先生，這是別人的私隱，我不方便透露。」

　　「她是我的婆婆。」

　　「抱歉。我是不會告訴你的。」

　　「我想問：是一枚金戒指嗎？」

　　二叔公又望望我，沒有回應，不過，他點了點頭。

　　「戒指現在在當舖嗎？」我追問着，「婆婆應該是有錢的，為什麼要典當呢？」

　　我的問題，依然是沒有得到回應。不過，知道戒指在當舖，總算知道不是遺失了，也算是放下心頭大石，於是，我準備離開。

　　這時，當舖內有另一位職員，站在高櫃枱上說：「你婆婆怕遺失戒指，所以把戒指放在當舖內。」

　　我聽得不明不白，停下了腳步，問道：「為什麼？」

　　「其實，戒指已放在當舖一段時間了。因為她怕自己大意，遺失了戒指，所以交由我們託委，在當舖抵押了。」

　　「既然如此，為什麼婆婆最近感到不開心呢？」

　　「因為這裏是重建區，當舖受到影響，即將要結業了。我經常催促婆婆要贖回戒指，請她到其他當舖進行當押，但婆婆不懂得去別的當舖，怕在這裏贖回了戒指後，不知道要把戒指放在哪裏。」店員解釋着，「可能

是這個原因，婆婆最近的心情的確是不太好的。」

「原來如此，感謝你告訴我。我現在去解決事件。」
我明白整件事件後，總算可以解決問題了。

「好的，我等待你和婆婆來贖回戒指。」

我點了點頭，然後衝出當舖，跟婆婆商量怎樣處理
戒指的事。

黄大仙區

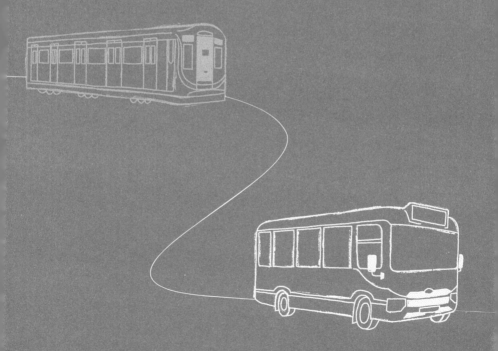

21

大仙

/ 文婷

課室的時鐘滴答滴答，分秒的時間正在消逝。

他看着眼前凌亂的字母，感覺每個都認識，但是回到題目，又似乎沒有答案。他感到焦急之際，卻被告知考試時間只剩餘最後五分鐘，他卻尚有大半的題目未作答，突然課室鈴聲大作，這可是決定命運的文憑試呀！情急之下，他大叫起來，啊的一聲。

他睜開眼，發覺仍在黑暗中，才發現是噩夢一場。

在涼爽的初冬，他全身濕透，後背汗涔涔。這已經是阿城這幾個月不知第幾次的噩夢了。他總是夢見自己在做試卷，或者身在考場現場，即使他已經不考試好幾年了，在思慮無果的情況下，他決定明天去尋求神靈的指引。

香港人每年春節都會來到黃大仙爭上頭炷香，以祈求來年順利。據說，因為大仙很靈驗，所以信眾漸多。他們來到黃大仙祠，鼻息間總縈繞着淡淡的檀香，寺廟主殿紅柱金頂，藍楣黃格，正中間供奉着黃大仙的畫像。

阿城雙手合十，虔誠地祈求道：「求大仙給我一條明路，自從考試失利，沒能考上大學，人生似乎就處處碰壁，求大仙能保佑我順利找到工作，若能實現，信民

定會多添香油錢。」完畢後，阿城虔誠地鞠躬，才剛剛走出主殿，便遇見了高中同學阿強。阿城大喜，自從高中畢業後，他便再也沒見過阿強了，於是他大力揮手，阿強也認出他來。

「好久不見啦！阿強，近來可好？你也來拜大仙？」

「好久不見，對呀！我是來還願的。最近，我申請的政府職位，已順利錄取了我。」

阿城聽見這個消息後，內心咯噔一下，心裏頓時不是滋味，也只能違心地恭喜道：「恭喜你呀！看來黃大仙真的靈驗呢！」要知道，當年阿強跟他一樣名落孫山，兩人還曾是「難兄難弟」，在收到成績單時，抱在一起痛哭流涕。

怎知阿強不屑道：「你真的相信大仙？」

阿城只能問道：「大仙都讓你心想事成了，你還不相信嗎？」

阿強唯有自嘲道：「誒，想當年，我跟你一同落榜，人生也是迷茫，我老媽子便帶我來黃大仙求大仙庇佑。第二年再考，結果還是落榜，於是我邊工作，邊自習，才終於在第三年考上理想的大學。這大概是我來求大仙的太多了，他過了兩年才聽見我的祈求吧！結果，我今年考上公務員，我媽依然堅持說：是大仙為了考驗我，

見到了我的努力，才滿足我的願望，所以，我媽堅持讓我來還願的。現在，我不跟你説了，我媽媽還在門外等我呢！」

　　阿城聽完，想到自己自從落榜後，失去了對自己的信心，認為自己不是讀書這塊料子，便徹底放棄了。期間，他輾轉做過幾份工作，因對學歷有一定要求，他便再也沒想過要繼續讀書晉升。直至疫情一來，他失業了⋯⋯

　　這時，他看到旁邊的三聖堂，有楹聯寫道：「色空雖幻眾生樂善自千秋」。阿城內心默唸，謝謝大仙指點。

22

四十年之約

// 徐振邦

那年，小學畢業，十幾個好朋友將要各散東西，到不同的中學升學，當中，有半數還要跨區升學。

在最後一個小學上課日，他們在自己的基地——慈雲山中央遊樂場，相約在四十年後的 7 月 5 日，在遊樂場再見面。

對於這個四十年之約，他一直緊記着。因為他是跨區升學最遠——由慈雲山搬到元朗。這意味着，他平日在街上幾乎是不可能跟其他同學碰面了。

在剛畢業的最初兩三年，他們還有互相寄送聖誕咭、生日咭，後來連這個簡單的舉動也維持不了。當時，他在想：「有誰還會記得四十年之約？」

然後，他跟所有小學好朋友，都失去聯絡了。

//////////////

轉眼已到了 2022 年 7 月 4 日，距離四十年之約只差一天。

「究竟是誰想出四十年之期？有誰還會記得？」他苦笑了一下，「就算是記得這個約會之期，但四十年沒有見面，我們也不可能認得對方吧。」

他正在猶豫是否要去這個可能只有自己一人赴會的

約定，可是，想了半天，他仍是下不了決定。

到了約會的日子——

「我還是決定不去吧。」雖然他是這樣說，但心底裏還是想去看看，結果，他的下意識帶他再次來到慈雲山中央公園。

「這裏全都變了。」他步入球場，向着公園方向走。

「我以前所住的三十四座已經拆了，」他四處張望，自言自語地說，「連小學也沒有了。四十年的變化實在太大了。」

他回憶起，以前在球場踢波的日子，還有在公園「馬騮架」上和在沙池裏，跟同學們追逐的畫面。他從心底笑了出來，然後摸摸自己的大肚腩：「想不到已是四十年，應該沒有人認得我了。」

他穿過足球場，來到公園，發現眼前的一切，已完全變了。

「原本約定見面的馬騮架，已經不存在了。」他站在原本是馬騮架的位置，然後又說，「果然不出所料，沒有人會來的。」

他在公園閒逛，忽然看到一塊四十年沒有見過的怪石頭：「真想不到，這塊石頭竟然還在這裏，這塊石頭究竟是什麼？」

黃大仙區

他走近石頭，又勾起許多童年往事。

就在這時，有一班人站在遠處，向着他揮手。

「啊……」他望着遠處的一班人，雖然他認不出他們是誰，但他知道，他們就是來參加四十年之約的老同學。

九龍城區

23

重建

/文婷

　　「市建局宣布重啟九龍城『龍城』區衙前圍道／賈炳達道發展計劃，預計完成重建計劃後區內遍佈低矮樓房的局面將會改頭換面。」

　　新聞報道員字正腔圓地將這則新聞講述出來，而坐在收音機前的陳伯皺了皺眉頭。早前已聽聞有很大機會會進行重建，但想不到，消息公布得這麼快。他理了理店鋪內的乾貨，趁着太陽特別猛烈，打算把在玻璃罐內的陳皮拿出來晾曬。

　　「陳伯，早呀！今日開門好早喔！我媽叫我來買些瑤柱粒回家煲湯。」

　　「聰仔，你稍等一會兒，我把陳皮放好就取給你。時間過得真快，我記得以前在曬陳皮的時候，你還是個掛着鼻涕，整天來我店裏討冰糖吃的幼稚園小朋友，轉眼間，你已是大學生了。」

　　「老陳，我要兩條梅香鹹魚。」老李操着一口濃厚的潮州口音說道，隨後又對老陳擠了擠眼。

　　「收到消息沒有？」

　　「剛剛聽到收音機講，應該是我們這一區呢！」

　　「我媽收到消息，還歎氣了好久呢。她說是幾十年

九龍城區

94　香港山旮旯

的老街坊了，當初街坊鄰里互幫互助，雖然有事也會吵兩句，但大家都和和氣氣。上星期還去喝了阿正的喜酒；前幾天，喜媽還做了潮州粿條分給她。若是分開了，還去哪裏找老夥計飲茶？」

說到這裏，讓陳伯和老李都不禁動容。他們初來香港討生活，終於融入了這個「小潮州」。這裏有不少老鄉，即使是身在香港，周圍都是熟悉的鄉音，也不覺得是身處異鄉，然後生根落地，成為了家，他們從青壯年，逐漸到老年。

老陳像往常一樣，將挑選好的優質海味裝好袋子，遞給兩位常客。在離別時，老李問：「搬了之後，還可以在哪裏找你買海味呢？」

老陳擺擺手說：「年紀大啦，做到小店清拆就不再做了，現在你要多多來幫襯！」

傍晚時分，夕陽慢慢減弱它的光芒，剩下蛋黃般的光暈，孫子一進到店鋪就開始大喊爺爺。

老陳跟孫子慢慢牽手回家，經過發記潮州滷味鋪，孫子說道：「爺爺，爺爺，我默書考試得了一百分，今晚我可以吃鵝片嗎？」

「當然可以，爺爺答應過你，考一百分就會獎勵吃鵝片。」

「那我可以去『金三角』再買一份泰國酸芒果回家吃嗎？想到都流出了口水啦！還有還有，還要一份烤雞翼，配泰式辣醬，不要告訴媽媽聽喲！」

　　老陳看看孫子，這裏也會成為他美好的童年回憶吧！

24

搬家

// 徐振邦

　　結婚後住在公共屋邨的她，本來對居住環境沒有感到不滿，但最近卻為搬家而覺得十分懊惱。

　　為了搬家，她找了幾間地產代理公司，查詢了不少樓盤的資料。過去一段時間，幾乎把所有精力，都放在找新居的事。

　　這天，她參觀了幾個樓盤後，仍未下定主意——不是居住面積太細，或者環境較為嘈吵，就是租金超出預算。

　　她感到頭昏腦漲，不知道如何是好。趁着晚上約了朋友晚餐，她打算順便問問各人，關於搬家的意見。

　　「你現在住在公屋有什麼不好，為什麼要為搬家而自尋煩惱呢？」朋友甲直截了當地問。

　　「理由很簡單，我跟大部分香港人一樣，就是為了小朋友讀書的校網而搬家。」她指着自己的肚說。

　　幾個朋友點點頭，恍然大悟。

　　「你真的是懂得未雨綢繆，BB還未出世，就要計劃小朋友讀書的事。」乙問道：「你想搬到哪裏？」

　　「九龍城。」

　　「你現在不就是住在九龍城區嗎？」

「九龍城區有不同的校網，」她解釋着說，「我心儀的學校不是在我現在居住的校網區。」

「其實，我覺得你現在住的地方是不錯的。環境舒適，交通又方便，真是比上不足，比下有餘了。」丙繼續說，「你的住所比我的好得多，但我的小朋友也能夠愉快生活。」

甲點點頭：「我明白為人父母的心態，但小朋友的成長不應該只是為校網。」

「在香港讀書就是如此吧。」她堅持着說。

「怎會是這樣？我不同意。」丙搖着頭，「我們以前不是住在名校區，現在幾個人也沒有為小朋友的校網而搬家。」

她有點無奈地說：「現在時代不同了。我希望小朋友不要輸在起跑線上。」

「有什麼不同？」甲反駁她的觀點，「更何況，小朋友讀書，成績不是最重要的。」

乙附和着：「我覺得小朋友是不需要讀名校的，想讀名校的，只是家長的個人意願而已。」

她沒有回應。

「以前我們讀書時，是很快樂的；現在的小朋友同樣是需要快樂的校園生活。」丙接着說，「名校有名校

的好處，但不一定適合所有小朋友呢。」

「難道⋯⋯」她欲言又止。

「父母為子女安排的，是一個合適的讀書環境，而不是一間名校。」

「是的。如果你有時間，多點陪伴小朋友，比強迫他們讀書好得多。」

「我相信，其他學校不比名校差呢。」

你一言，我一語，令她不知如何是好，「我⋯⋯」

她還未說出口，三位朋友就異口同聲地說：「你還覺得要搬家嗎？」

「我想說：我明白了。」她回應着，「其實，我頗喜歡現在的居住環境，而且，我找了不少樓盤，根本沒有一個合適的。不過，我還有一件很重要的事要處理，你們真的要幫幫我。」

「還有什麼事？」

「我想向你們請教，生 BB 前，我要準備什麼呢？」於是，他們開始轉談「湊仔經」，而不是什麼名校網了。

深水埗區

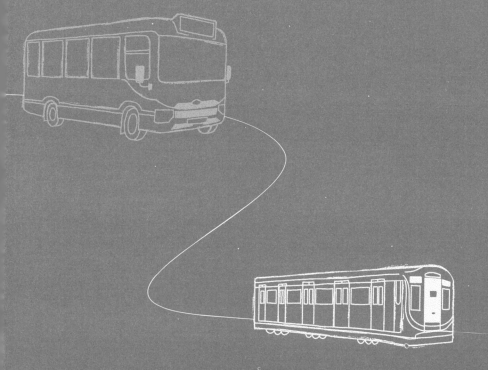

25

媽媽的包裹

「您好，感謝你關注 AA 有限公司，經過認真評估，您目前的情況和申請職位的要求尚有差距……」

阿文查閱了電郵的訊息，躺在床上，疲憊地閉上雙眼。這已經是過去一個月以來，不知道收到的第幾封拒絕信了。接近傍晚時分，從樓下深水埗北河街街市傳來各種外放喇叭的叫賣聲：「全港最平，發哥新鮮蔬果，砂糖橘十蚊一磅……」阿文想，可能我媽說得沒錯，我就是個不成器的東西，然後意識便開始迷糊起來。

「真是人頭豬腦！放油之前，要等煎鍋的水分被燒乾了才可以放油，活該你被濺了一身油！」

「肉切得這麼厚，是要給誰吃？表面焦了，內裏還沒有熟透。」

睡夢中，年幼的他，捧着一碗滾水，只不過，下一秒的他就被一張椅子絆倒，在滾燙水灑在地上前，阿文尖叫了一聲，便醒了。他揉了揉眼睛，也許是最近因為疫情失業，精神壓力大，他總是在睡夢中，夢見媽媽在去世前對他極其苛刻的幾年歲月。

回想起來，媽媽自患乳腺癌後，許是因為病痛的折磨，她的性情變得極為暴躁，總是要求他做這做那，稍

稍有點不如意，便開始破口大罵起來。例如讓他買蔥，他買成韭菜，就被罵成「蠢得像頭豬」；因為媽媽要接受化療，頭髮開始脫落，如果我掃地不乾淨，就會被罵；如果炒菜的味道太鹹，她只嚐一口，便當着他的面，全部倒進垃圾桶。

夜裏，僅十一歲的小阿文在被窩裏摸着被燙傷的傷口，難過得淚流不止。他想，沒買到蔥，就不做香蔥炒蛋，可以做韭菜炒蛋，為什麼唯一的親人可以這樣對待他？在媽媽的葬禮上，他一滴眼淚也沒有流，孩童總是愛恨分明，哪怕阿姨總是跟他說，媽媽是愛他的。然而，他想起那些冰冷的呵斥和委屈，早已掩蓋了對媽媽愛的感受和病痛的體諒。

二十八歲的阿文，不耐煩地抹了抹臉上的淚，怎麼還會為那些猴年馬月的事難過？他猛吸一口氣，他決定去買菜，準備做飯。

過了六時的北河街街市，檔口小販仍是起勁地叫賣，擺出一副要錢不要貨的架勢。塑料袋一扯，兩個拇指一捏，物品一扔，袋口一綁，動作一

氣呵成，行雲流水，阿文對這一切再熟悉不過了，他熟練地拿起一個橙，看看尾部，將尾部開口大的橙子放進袋子裏，看着旁邊的大叔，胡亂地將些尾部開口小到幾乎沒有的橙子放進袋子，他搖了搖頭，橙子要挑開口大的才會甜。這個技巧，他十歲的時候就知道了。

等他回到家時，阿姨早已在門口等着他了。阿姨知道他最近失業，關切了他幾句，問他是否要去她家的店鋪幫忙。阿文婉言拒絕了，然後阿姨欲言又止地給他一個包裹，説了句：媽媽留給你的，便離開了。

時隔十多年，阿文收到媽媽的包裹，應該抱着什麼心情？包裹很小，裏面似乎有本類似筆記本的東西。阿文洗了洗手，決定飽餐一頓，才有精力處理，於是他熟練地架起鍋，慌亂地倒油，那未乾的鍋和油碰撞，噗嗤一聲，油點飛濺，刺痛他的手⋯⋯

他把頭扭到另一邊，拆開了包裹。裏面有一本小存款簿，數了數，總共有三十多萬的餘額，隨後便是一封信，上面寫道：

媽媽親愛的文文：

我可憐的兒子，媽媽不能給你一個完整的家，也不能繼續陪你成長，想到要獨

深水埗區

留我孤苦伶仃的兒子在世，媽媽就心痛得寢食難安。

原諒媽媽的狠心，要你那麼小就要學怎麼買菜，做飯，做家務；如果你被我照顧得好，萬一媽媽不在了，你怎麼辦？你從小就比較嬌氣，都快十歲了，連鞋帶都不會綁，遇到事情了，也只會在我面前哭，所以從今天開始，你要學會自己照顧自己了。我看着你害羞地不敢跟商販說話到輕鬆地買菜，看着你連蔥和韭菜都分不清到煮出幾道菜，我想這樣，我才能安心。

二十八歲的文文，找到自己喜歡的工作了嗎？遇到自己喜歡的人了嗎？無論如何，媽媽都在天上祝福你，希望你能用媽媽留給你的錢，做你喜歡的事……

幾朵淚花悄然落在信紙上，將墨跡暈染開來。

26

免費飯

// 徐振邦

　　他搬了家，搬到深水埗的劏房。

　　對他來說，搬家是很平常的事。一來，他的工作不穩定，每次轉工都要搬到工作附近的地方，以節省交通費；二來，劏房沒有固定的租約，經常要面對業主無理的迫遷。久而久之，搬家已成為他生活的一部分。

　　今年上半年，他已搬了好幾個地方，由土瓜灣搬到荃灣，再住在葵涌，然後遷到長沙灣，最後來到深水埗。

　　深水埗是有名的「貧窮區」，根據《香港貧窮情況報告》所載，深水埗的貧窮指數有所改善，但仍緊守首五名的位置。他自嘲着說：「深水埗很適合我居住，完全符合我現在的身份——失業中年。」

　　事實上，住了幾天之後，他很「享受」深水埗的居住環境。他在區內找到工作，這裏有很多「散工」，不愁沒有收入；還有許多機構喜歡在區內舉行扶貧活動，所派發物資都很實用，有時有衣服、食物；在傍晚時分，附近的街市有不少廉價的蔬菜、肉類，總算是三餐不成問題。而最重要的，是區內有幾間派發免費飯的茶餐廳，可以在生活拮据時，找到充飢的方法……

　　他這天沒有工作，首次去茶餐廳領取了一盒免費

深水埗區

飯，心存感激地離開了。

第二天，他仍找不到散工，又到茶餐廳吃了免費飯，摸着感到滿足的肚子回家了。

第三天，他有半天的工作，但仍到茶餐廳要了一盒免費飯。

第四天，他得到一份優差，薪酬尚算不錯。

他手握着薪酬，經過貼着派發免費飯字樣的茶餐廳門口，想了一想：「免費飯真的是很吸引。」於是，他還是走入茶餐廳。

老闆見到他，微笑着說：「一盒免費飯嗎？」

「不，不，我要五盒。」他舉起五隻手指說。

「不好意思，每人只限取一盒。」老闆搖搖頭，「如果你的家人要飯，要親自來一趟。」

老闆遞上一個飯盒，然後指着另一邊，說：「今天有善長送來了一批生果，你可以到那邊取一個橙，或者一個蘋果。」

他用左手拒絕了老闆的免費飯，然後用右手取出一張一百元，說：「我想買飯券，捐給有需要的人，五張飯券是不是一百元？」

老闆呆了一呆，沒有回應。

他笑着說：「今天我有工作，可以幫助其他有需要的人。」

油尖旺區

27

處女座

/ 文婷

　　深秋的廟街晚上，只有稀稀落落的幾個人在街上，稍顯清冷，而在油蔴地圖書館附近的街道上，氤氤氳氳地亮着十幾盞燈，三五成群的人守在搭起來的帳篷前，上面寫着「塔羅，占卜，星座」。

　　小美吃完晚飯後便來到這裏。早前，公司裏來了個新同事小張，陽光帥氣又不失幽默，完全就是小美心中的理想型，而小美也在他的入職表上偷看到他的生日——8 月 28 日，處女座，哈！回想起小張看着他眼睛笑成彎月的樣子，小美越想越興奮，早前公司裏的女同事也是通過了解心儀男生的星座，投其所好，最終成功牽手呢！

　　終於輪到小美，眼前的占卜師戴着黑框眼鏡，不苟言笑的樣子。占卜師看見小美坐了下來，便問：「請問小姐是想要塔羅、占卜還是……」

　　「我是來問星座的，早前同事也在你這裏問過姻緣，現在已經成功結束單身了呢！」

　　「恭喜恭喜，星座就是有這種玄妙，請問想要查問什麼星座的呢？」

　　「8 月 28 日的處女座，他會喜歡什麼類型的女生？」

「噢，處女座的男生若然對你有好感，他就會表現得很體貼。」

「對！對！對！買奶茶的時候，他還會問我要不要幫我買一杯呢！」

「除此之外呢，處女座的男生在喜歡的人面前會展現不夠成熟的一面，這是因為他比較放心你……」

「對誒！那天他還騙我說，椅子下有蟑螂，看我被嚇到的樣子，他還哈哈大笑呢！」

在了解完處女座的特點後，小美歡欣雀躍起來，占卜師說的每一條都表明着，小張也同樣喜歡着她呢。呵呵，等時機成熟，就可以表明心跡了吧！

好不容易等到星期一，還沒回到位置，在走廊便能聽見經理生氣地吼到：

「小張，我們工作上的事要慎之又慎，尤其是涉及數字，你寫的 8 字，到底是 8 還是 5 ？8 千跟 5 千可是不一樣呢！」

「對不起，經理，我的 8 字習慣這樣寫……」

慢着，這樣的話，5 月 25 日是什麼星座呢？對！是雙子座！

28

迷之塔羅

// 徐振邦

　　他心神不安，迷迷糊糊地來到廟街。

　　「為什麼我會來到廟街？」他心裏其實知道答案——他喜歡她，但他只知道自己和她在同一所大學唸書。至於她叫什麼名字，讀哪個學系，唸什麼年級……，關於她的所有資料，他什麼都不知道。他只在飯堂「偷聽」到她跟同學說過的一番話，知道她喜歡到廟街玩塔羅牌。

　　「這裏就是她經常來玩塔羅牌的地方嗎？」他還是第一次在晚上來到廟街，看到廟街一帶有不少占卜、算命的帳篷，讓他不知所措。

　　「先生，占卜嗎？」坐在帳篷內的女士呼喚着他。

　　他望着女士，再抬頭望望掛在帳篷的招牌——「迷之塔羅」。

　　「我看你心事重重，不如來問問前程吧。」女士繼續說。

　　他喃喃自語：「這種場景就像騙案一樣……」雖然他口裏這樣說，但行動卻不一致，竟然是一步一步走向帳篷，然後坐了下來。

　　「你想問什麼？」

油尖旺區

「愛情。」

「好的。」女士指引着他，「你把雙手放在牌上，在心中想着問題，之後，你再順時針洗牌……」

他按着指示，完成洗牌切牌的程序。

「請你用左手抽出五張牌……」女士嚴肅地說。

他抽了牌後，女士笑了笑，吐出幾個字：「你的桃花運來了。」

之後，女士為他逐一分析和講解，但他被「桃花運來了」這幾個字所蒙蔽。女士說了什麼，他幾乎全都聽不入耳。

最後，他還是帶着滿意走出了帳篷。

//////////

待他離開了廟街後，她來到了帳篷，說：「怎麼樣？」

女士反問她：「你是指他的塔羅牌結果嗎？」

「當然不是。塔羅牌的結果，還不如你所說的美言。」

女士點點頭說：「我已按照你的安排，說他跟你有桃花運……」

29

藍色妖姬

/文婷

　　阿強剛剛從旺角東鐵路站出來，看見對面馬路的店鋪裏人頭攢動，即使今天不是情人節，但是想要買既便宜又新鮮的花朵，香港人多數會來到花墟。傍晚時分，大家趁花墟收工前，以廉價買到「心頭好」。

　　今天是阿強跟女朋友在一起的三週年紀念日。兩人一起久了，加上各人工作十分忙碌，所以並沒有說要特別慶祝。

　　幾天前，女友跟他吃飯時，將同事收到一大束藍色玫瑰的事繪聲繪色地描繪一番，羨慕之情溢於言表。女友隨即問他什麼時候也送她一束，他狡猾地說：「我不就是你最好的禮物嗎？」想到這裏，他剛好站在一家名為「花之戀」的花店門前。

　　「先生，你真的很有眼光呢！這是最新從荷蘭空運回來的『藍色妖姬』，銷量很好呢！剛剛有好幾位客人下了訂。」

　　「幫我包紮一束吧！」

　　當阿強拿着花束回到樓下時，物業管理處告知他有一個快遞需要簽收，只見快遞小哥手裏，正拿着和他手上一模一樣的「藍色妖姬」。阿強看着保安疑惑的眼神，

迅速簽收，卡片上寫着：祝開心過每一天。

這張卡片，讓他陷入沉思。

阿強開始回想最近女友的異常行為——她總是加班到很晚，説是忙着一宗官司，但今天出門前竟然化了妝；又幫他買了一件大衣，説是冬天快到了；以及在昨天晚上，他在沙發上睡着了，她還幫他蓋好被子，關了電腦。難道她，真的是出於愧疚……

阿強扭動鑰匙開啟大門，只見女友正圍着圍裙忙碌着。

「你今天怎麼回來得這麼早？」兩人異口同聲道。

「想給你一個驚喜呀！」再次異口同聲。説完，兩人莞爾一笑。

「呀！我訂的花到了！咦？你買的也是一樣的嗎？好浪費喲！」

「不浪費。我問花店老闆娘：請問九朵『藍色妖姬』的花語是什麼？」阿強遞上兩束花，「老闆娘説：一生摯愛。這是最適合送給太太的。」

30

下午茶

// 徐振邦

　　我忙了半天，經過旺角，想起附近有一間舊式冰室。老爸生前，每逢星期六的下午茶時間都會帶我去一次，風雨不改。自從老爸離開後，我已經多年沒有到過這間冰室了。

　　想到這裏，我摸摸肚皮，才記得還未吃午飯。於是，我穿過旺角露天街市，決定到冰室享受像昔日一樣的下午茶時光。

　　我推開冰室的大門，慣性地向上瞄了一眼。

　　「閣樓有位。」伙記示意我登上閣樓。

　　冰室在舊式唐樓，地下的商店舖位有很高的樓底，可以設有一個小小閣樓樓層。

　　我登上閣樓，在欄杆旁的「卡位」坐了下來。

　　以前，我喜歡坐在閣樓欄杆旁的「卡位」。從這個位置向下望，是對着冰室大門。我看着食客從大門出出入入，覺得畫面十分有趣。有不少香港電影都是在這個角度取景。

　　「你要吃什麼？」伙記對我説，「仍是炸雞腿、薯條和橙汁汽水嗎？」

　　我望着伙記：「你⋯⋯你記得我？」

「你跟你爸簡直是一模一樣，無論外形還是説話的語氣，都很像。你剛才推門，我就認得你了。」

我笑了笑，只回應着説：「炸雞腿和薯條，太熱氣了。」

「那麼，你跟你爸一樣，要奶油多多奶，再加一杯茶走嗎？」

「奶油多還要加多奶，實在太甜了。」我擰擰手説，「再要一杯茶走的話，真的是糖份『超標』了。」

伙記點點頭：「你爸曾經説過：平日的工作生活太苦，難得可以吃點甜，算是一點在生活裏找到的調劑。」

「太甜，受不了呢。」

「太甜嗎？」伙記又繼續説，「我覺得，你爸所感到的甜味，並不是奶油多多奶和一杯茶走，而是每星期都可以跟你吃下午茶。」

「啊？」我不明白箇中的意思。

「你吃的雞腿是最大隻的，是你爸為你預訂的；薯條的份量是比正常的多，連汽水也是大杯的。」伙記又説，「連你現在坐的『卡位』，即是你喜歡的『專座』，也是你老爸央求老闆，把每個星期六的三點三時間，給你留座的。」

「我不知道這些事情。」我感到詫異。

「所以，你爸是否愛吃甜，我並不知道，但他最享受的，肯定是可以跟你一起吃下午茶。」伙記回憶着說。

「原來是這樣。」我想了想，也希望有老爸的感受，「那我也要一份奶油多多奶，以及一杯茶走。」

//////////

今天——一個星期六的下午，我帶着兒子去冰室，準備享受二人的下午茶時光。

當我們來到冰室前，看到冰室的大閘已經關上，閘門上還張貼了冰室已經結業的通知。

油尖旺區

東區

31

阿晴的愛情

/ 文婷

「你真的要這樣嗎？三年了，對於你來說，我算是什麼？」

「一切都過去了，你和我都不算什麼了。」

「你會後悔的！」

「不會。」

分明還是夏季，阿聰卻覺得冷得發抖。阿聰想走上前拉着阿晴的手，告訴她，只要她喜歡，他可以變成健碩的樣子。可是，他卻感到全身無力，身上的脂肪變成了千斤的沙袋掛在身上。他努力地挪動身體，但她越走越快，走到炮台山鐵路站。然後，她在他眼前，終於變成了一個點，消失在他的世界。

直到阿偉出現在阿聰面前，阿偉只看見一個二百多磅的胖子在炮台山海岸公園喝得迷迷糊糊地在抽泣，地上放着半打啤酒罐，眼球沒有焦點的看着維多利亞港。阿聰看清楚來人後，邊哭邊說：「她說跟我在一起時，受夠了別人投射在她身上異樣的目光。我是個胖子，可是……我一開始已很胖，當時她卻說真誠善良的人最可愛……」

原本還在為情所困的阿聰，在失戀後的一個星期

後，整個人開始變了，原因是：他再一次經過炮台山海岸公園時，親眼看見前女友阿晴，正在親暱地扶着一位男生的手。

那位男生陽光帥氣，在公園內緩慢地走着，男士身上還背着她的袋子。原來阿晴的袋子不是不需要他背着，只不過是不想要他背着罷了。這時，阿聰似乎明白了，他默默地刪除她所有的聯繫方式，還取消關注她的社交平台。

「恭喜你，最近的內臟體脂已經下降了百分之十，對於你原本患上心臟病的機率也減少了。你能夠在短短的半年時間內，減掉五十磅，是很需要毅力的呢！身體的各項指標也已經正常了，還要繼續堅持下去。」

「原來已經半年了。」阿聰平靜地聽着覆診醫生的建議，沒有人知道，他背後發生了什麼事——他花了很多時間運動，還結識了許多跟他一樣胖胖的朋友。「明天還要去騎自行車，什麼時候出發呢？」他在心裏默默地盤算着。

//////////

「你還有見過阿聰嗎？」

「沒有了。」

阿晴歪着頭想想，然後說：「準確地說，我已經沒

有關於他的所有消息整整一百八十天了。」她記得很清楚，在 5 月 1 日那天，她還留意着他的社交平台，他發了一張全黑的背景圖，她心裏也泛起了一陣難過，一不留神，被一顆石頭絆倒而扭傷了腳，心情差極了的她，頓時難過得大哭起來，幸好有一位經過的熱心男士好心地攙扶她去附近的診所，等到她再次打開阿聰的社交平台時，她發現自己已經被拉入黑名單了。

「聽說他現在完全變了一個人呢！你……後悔了嗎？」

「不會。」

至少他終於減肥成功了。當初，他媽媽苦苦哀求她幫忙，說再不減肥，阿聰的心臟隨時會出事呢！他健康就好。阿晴心想：今天的天氣晴空萬里。

東區

怪獸樓

32

他很內向，平日很少跟人接觸，可以的話，他總是一個人，鮮有跟其他人談及自己的事。他的同事只記得，他曾自稱住在鰂魚涌，一個叫百嘉新邨的地方。

究竟百嘉新邨在哪裏？沒有人知道。嚴格上來說，是沒有人有興趣知道。

雖然他已在公司工作了五年，但同事們對於他，可謂一無所知，除了他的名字外，就只記得他住在鰂魚涌。

早陣子，鰂魚涌「怪獸樓」的照片在網上瘋傳：「這裏是電影《變型金剛》的取景地點，是現在的打卡熱點呢！」同事們對「怪獸樓」同樣感到興趣，便找他來問路。

「你知道鰂魚涌有一個地方叫『怪獸樓』嗎？」幾個同事圍着他，問他關於鰂魚涌的事。

五年來，他還是第一次這樣被同事圍着，嚇得他有點不知所措。他想了一想，然後搖搖頭。

「我們還想你帶路，讓我們看看那座怪獸樓。」同事有點失落地說。

「我…我……，不知道。」他吞吞吐吐地回應。

「沒辦法了，我們只好自己在網上尋找路線吧。」

123

同事繼續說，「你有興趣一起同行嗎？」

他有點受寵若驚：「好，好……」

於是，在下班後，他隨着同事們的步伐，終於來到了一幢大廈，大廈四周拉起了橫額，清楚指出不讓外人進入拍照——「嚴禁遊人未經許可於此拍攝」。

「為什麼不能進入拍照？」

「之前，在這裏的遊人實在太多了，」他回應着：「後來，加上疫情嚴重，為了減少外人在這裏聚集，所以不建議進入拍攝。」

「那我們豈不是無法進入拍照？」

「為什麼你們要在這裏拍照？」

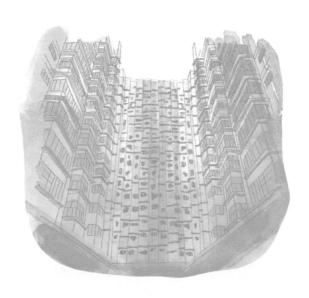

東
區

「這裏就是怪獸樓，我們今天來鰂魚涌的目的地。」

「這裏是怪獸樓？」他有點不禁相信。

「難道你不知道嗎？」

他又搖着頭。

「那麼，你知道怎樣可以進入拍照嗎？」

「當然知道，我可以帶你們進去。」他輕描淡寫地說，「我就住在這裏，不過，我不知道這就是怪獸樓，我習慣稱這裏做百嘉新邨——一個從來沒有人用過的名字。」

同事們只聽到可以帶他們進去，就已經興奮起來，根本沒有把他的解釋聽入耳。

他補充說：「其實，只要遊人不要喧鬧，安靜地拍攝仍是可行。」

不過，他還未說完，同事們已丟下他，進入了怪獸樓範圍「打卡」了。

南區

33

獎勵

/ 文婷

「媽媽，媽媽，如果我這次考試全部科目都考到九十分以上，週末你可以帶我去海洋公園玩嗎？」佳佳搖着媽媽的手說。

即使家庭並不算富裕，面對孩子提出的要求，李梅還是欣然答應了。畢竟，李梅知道，佳佳的數學向來不好，若果這個小獎勵能讓她更努力學習，倒也值得，誰知佳佳這次真的非常爭氣，所有科目都考到九十分以上，而且連平時「吊車尾」的數學，這次也破天荒地考了九十八分，李梅馬上上網查詢了一下去海洋公園的門票價格，然後嘀咕道：「這個費用足以買好幾天的菜了。」

李梅是新移民家庭，雖不算富裕，但是還有從事裝修的丈夫支撐整個家庭，但上個月，丈夫在裝修時，手部不慎脫臼，只能留在家中休養，她只好找些送外賣、洗碗的活。昨夜回來太晚了，今天便是去海洋公園的日子，等李梅睜開眼都已經將近正午了，她着急起來。

「佳佳，你怎麼不喊我呢？我們這麼晚出發，待會兒看不完海洋公園裏的小動物呢！」

等母女倆來到門口買票的時候，李梅才被驚喜告

知，因為今天是她的生日，所以她只需要付佳佳的兒童門票就可以入園。李梅並不特別記得自己的生日，但已經沉浸在省了幾百塊開銷的喜悅中，她和佳佳玩得特別開心，像個孩子般，第一次看見在海底游泳的海豚時，她驚喜得哈哈大笑；在坐過山車時，她興奮得尖叫。她經歷了一整天的歡樂，直到閉館時才依依不捨離去。

吃過晚飯後，不知怎麼啪的一聲，整間屋子一片漆黑。李梅疑惑着到電箱檢查，還未檢查出來，便聽到一首生日快樂歌響起。黑暗中蠟燭閃爍，佳佳的聲音響起：「媽媽，最近您辛苦啦，每天都在辛勤地工作，一直沒有放假，希望您今天玩得很開心。為了這個驚喜，我這個月的每個小息都在學習數學呢！祝你身體健康！」

李梅不知怎麼地，笑着笑着，流起淚來。

34

說故事

// 徐振邦

自從珍寶海鮮舫駛離香港仔，並在南海沉沒的消息傳開後，許多市民都想重新認識珍寶海鮮舫，於是，香港仔避風塘一帶，忽然來了不少觀光客，目的是尋找珍寶海鮮舫的故事。

就在這個時候，在海濱公園的一個小涼亭，有一位老伯充當導賞員的角色，為來到香港仔的觀光客免費講解珍寶的歷史。

「這艘海鮮舫不僅是南區的重要地標，」老伯對珍寶海鮮舫的歷史瞭如指掌，「後來成立了珍寶王國，被喻為是世界上最大的海上食府……」

老伯由海鮮舫建立的歷史開始說起，講到 2022 年的沒落事件。老伯有不少關於珍寶的珍貴照片、剪報，甚至還能夠展示幾件在海鮮舫上的物品，觀光客都聽得如痴如醉，看得津津有味。

許多觀光客覺得，雖然再也見不到海鮮舫，但能聽到老伯的講解，也算不枉此行。

不光如此，老伯對香港仔避風塘的發展，也可以鉅細無遺地說出來，哪年發生大火、哪年有颱風吹襲，什麼大事小事，他都知道得一清二楚。

南區

老伯究竟是誰？沒有人知道，連住在南區逾半個世紀的老街坊也不知道。

　　「老伯來了差不多一個星期，幾乎每天都在涼亭說故事。」經常在公園閒逛的老街坊說，「他一開口就要說上半天，有時由早說到晚，說個不停。」

　　有老街坊豎起姆指：「他所展示的照片和物品，我也不曾見過。這個老頭真的很厲害。」

　　「他所知道的事，比我所認識的，還要多。」有老街坊曾經聽過老伯的分享，也讚口不絕，「我不得不佩服他的本事。」

　　亦有街坊指出：「老伯應該不是這裏的人。不過，他的確掌握了許多關於香港仔一帶的歷史資料。」

　　老伯的講解吸引不少街坊和觀光客，頓時成為了區內名人。老伯說故事的事，更吸引到傳媒。有傳媒專程來訪，想認識老伯和更多關於香港仔的故事。

　　可是，傳媒等了半天，老伯卻沒有出現。之後幾天，老伯仍是沒有現身，自此，再沒有人見過老伯了。

　　幾個月過去，珍寶事件已被淡化，再沒有人對珍寶海鮮舫感到興趣，連前來香港仔的觀光客，也少了很多。

　　至於那位老伯，當然也沒有人記得了。

灣仔區

35

理髮店

// 徐振邦

　　已多年沒有回港的爺爺，趁着疫情稍為緩和，打算回港看看。

　　年逾七十的爺爺，以前住在灣仔，直到退休後，才搬回祖家廣州生活。

　　這次回港，爺爺最想做的事是重遊灣仔。爸爸還帶上十歲的小兒子同行，於是，爺爺、爸爸和孫子三代，併湊成同遊灣仔的有趣畫面。

　　「十多年沒有到灣仔，這裏已經變了不少。」爺爺望着似曾相識的灣仔，卻感到有點迷茫，驚訝地問道，「龍門酒家呢？」

　　「2009 年已經結業了。」

　　「以前我幾乎每天都要到龍門『嘆茶』。」爺爺有點無奈地說，「我還以為今天可以吃到龍門的大包呢！」

　　「如果想吃包，我們不如去『麥記』吧！」小兒子聽到吃包子，語氣帶點雀躍道。

　　「又是『麥記』，你不覺得吃膩了嗎？」爸爸不滿地說，「今天是懷舊之旅，我們可以去懷舊老店，但不可以去『麥記』。」

　　小兒子扁了嘴，因得不到想要的回應，只好默默地

灣仔區

跟着爺爺、爸爸，走在他們背後。

　　三代人由軒尼斯道穿過修頓球場，再走到莊士敦道，準備走進利東街。然而，走着走着，眼前的景象再一次令爺爺再次感到驚嘆：「利東街在哪裏？消失了嗎？」

　　「是的，這裏已變成新式住宅和商場了。」爸爸點點頭，「昔日的利東街已經不見了。」

　　「實在可惜，我還想看看老街舊舖呢。」

　　「我們到春園街和太源街一帶吧，那裏仍可以看到一些老店。」說完，爸爸領着爺孫二人繼續向前走。

　　三個人在灣仔一帶遊走，決定在一間舊式茶餐廳用餐。爺爺和爸爸二人在茶餐廳吃得開懷，只有小兒子顯得不是味兒，但還好的是：「幸好還有炸雞腿、薯條和汽水。」

　　最後，他們來到一間在巷口的舊式理髮店門前。

　　「原來理髮店仍在這裏。」爺爺終於找到昔日灣仔的影子。

　　「我還記得以前曾經在這裏剪髮。」爸爸接着說。

　　爺爺摸摸自己的頭髮，又看看爸爸和小兒子，馬上道：「真巧，我們三個人似乎都需要剪頭髮呢！」於是，爺爺領着爸爸，爸爸拉着小兒子的手，進入了理髮店。

　　「這間理髮店真令人懷念，以前我在這裏剪髮，最

喜歡看連環畫。」爺爺笑着説。

爸爸點點頭：「對，我當時最喜歡在等待剪髮時看《老夫子》呢。」

「現在沒有漫畫書了。」老闆聽到他們的對話後，取出一大疊雜誌，「不過，你們可以在這裏看看雜誌。」

老闆招呼爺爺坐在剪髮的位置，而爸爸站在爺爺旁邊，陪伴着爺爺。

至於小兒子則坐在一旁——以前是看漫畫的位置，拿出 iPad，玩網上遊戲了。

36

真假

/ 文婷

「小美，我們放學後去銅鑼灣的『煲咖啡』吃下午茶吧！」

仍在上課的小美看到好友芷晴的訊息後，快速地打下「好！」的訊息，另附上一個微笑的表情。

芷晴經營着自己的博客，時常在平台上分享自己的生活日常，也算小有名氣。她和小美相識於學校的迎新營，雖然修讀不同的學科，但大家年紀相仿，總愛相約嘗試不同的新事物。

也許是嗅到了年輕人市場的商機，銅鑼灣的文青咖啡店如雨後春筍般冒出，在社交平台上也有不少的推薦和點評，今天去的「煲咖啡」則是位於銅鑼灣的霎東街，在「必去」排行榜上排行第一名，深受白領和年輕人的喜歡。

她們來到咖啡廳，室內播放着輕快舒適的音樂，裝潢則是走簡約、小清新的風格，屋頂採用透光設計，暖洋洋的陽光灑在身上，芷晴和小美坐下，點完餐後，芷晴便開始跟小美分享今天的趣事。

「小美，之前不是跟你說過，在網上認識了一個電影系的同學嗎？我之前加了他的 Instagram，他發出

來的照片，樣子很陽光，你知道我昨天見到他真人，完全是兩個不同的人。」

「可能是角度問題吧！」

「那也真的太誇張了，他臉上有許多雀斑，且身高也並不像照片看起來的那麼高，一定是修了圖，真是太假了，跟他在社交媒體上的形象完全不同⋯⋯小美，從這個位置取景，景色一定很美，你快幫我拍照，你稍微蹲下，再傾斜向上，對，就是這樣，這樣顯得我瘦一點。」

經過一輪瘋狂拍攝，食物終於到了。芷晴點了一份三文魚牛油果沙拉，小美則點了一份芝士蛋糕。芷晴讓小美幫她拍攝一段她低頭享受美食的影片，放下相機後，芷晴立馬把嘴裏的食物吐出來。看着小美驚訝的樣子，芷晴才解釋道：「我從小就不喜歡吃牛油果，總讓人覺得很肥膩，但我的粉絲都推薦我來試一試呢！我當然不能讓他們失望。」說罷便舉起相機。

「大家好，我是芷晴，你們的美食探長，今天來到呼聲最高的銅鑼灣的『煲咖啡』，環境很舒適，適合帶着手提電腦度過一個慵懶的下午，食物的質素也很高，例如我手裏的三文魚牛油果沙拉，牛油果味道清新⋯⋯」

小美覺得杯子裏的咖啡其實有點苦澀，她發現，其實她之前一直都不喜歡喝咖啡。

37

工展小姐

// 徐振邦

　　媽媽平日沉默寡言，不喜歡發表意見，凡事都是一副愛理不理的樣子。

　　這天，我嚷着要到工展會參觀，拉着爸爸媽媽同行。於是，我們一家三口來到維園的工展會，準備支持在疫情後首個復辦的工展會。

　　甫一進場，迎接我們的，是今屆其中一位工展小姐候選人。

　　對方微笑着跟我們揮揮手，但媽媽竟然「哼！」了一聲，表現出不屑的樣子，然後大步進入會場。

我好奇地問媽媽：「發生了什麼事？」

「她只是靠化妝，並不是自然美，說不定，她還可能是整容的。」媽媽回頭看着候選佳麗，然後上下打量了一番，不停對她評頭品足。

我心想：「無論是化妝還是整容，都不是什麼大不了的事，無須大動肝火吧。」

當我正想追問原因時，爸爸向我打了手勢，示意我不要再問了。

我只好收起疑問，繼續向前走。

我們穿過一排商户的攤檔後，又有一位工展小姐的候選佳麗在「拉票」。

我把焦點移向媽媽，原來媽媽已在掃視這位工展小姐，似乎在計算她的評分。

經過幾秒鐘的運算，媽媽已得出結論，高聲地說：「不外如是，只是陪跑分子……」

我馬上拉開媽媽，生怕被對方聽到。

爸爸上前對我說：「不要緊，讓媽媽嘮叨幾句，就可以了。」

我不明所以，但只能跟着辦。

事實上，媽媽只說了幾句，離開工展小姐的視線範圍之後，真的沒有再說什麼了。

我們在工展會逗留了近三小時，買了不少香港品牌的用品，正打算離開。媽媽的目光又投射到一幅關於工展小姐的宣傳資料版上。

　　媽媽準備要發表意見時，我和爸爸已按捺不住，一左一右的拖着媽媽離開。

　　事後，我還是要問清楚爸爸，究竟是什麼一回事。

　　爸爸苦笑了一下，輕描淡寫地說：「那年，媽媽曾代表某公司參選工展小姐，是當屆的大熱人選。」

　　「後來呢？」

　　「後來，她因為身體不適退選了。對於這件事，她一直耿耿於懷，所以，這麼多年，她沒有提過這件事，也再沒有去過工展會。」

中西區

38

電車之戀

/ 文婷

　　睿欣經過餐館時，電視正播放着天氣報告：「現時溫度二十至二十三度，吹和緩北風，大部分時間驟雨，短暫時間有陽光……」

　　睿欣看着滿天烏雲，感到渾身不適。她拿着傘，帶着勞累了一天的疲憊，站在畢打街電車站等待電車到來。

　　中環——香港的行政和商業中心，附近有終審法院和國際金融中心，睿欣身處其中，望着天，常常覺得自己微小得像一顆塵埃，而她每天則會在下班後，等待電車到來。

　　「叮……叮……」的聲音響起，稍微讓她放鬆。這不僅是一輛承載香港歷史的時光機，更是用來帶她回家的交通工具。她坐在電車上，覺得很安心。

　　天氣不好，乘客在上車時有些擁擠，她好不容易佔到一個座位，其他人便像沙丁魚罐頭一樣——灌滿，然後電車叮叮叮地出發。她將濕噠噠的雨傘放在旁邊，百無聊賴地四處張望，這時，她發現，正前方的一個黑框男士正小心地整理着雨傘，避免將雨水灑到別人身上。他真有教養，睿欣在心裏想。

當睿欣再多看了他一眼時，發現他也正在望着她，她臉一紅，馬上望向別處，她今天穿了一件白裙，與她的膚色非常合襯，她害羞地抬起頭望向黑框男士時，再次跟他的眼神相遇，但這次，黑框男士急忙別過臉，睿欣開始端詳起來。

雖然他戴着口罩，也能看出他眉清目秀，他穿着筆挺的西裝，她的心跳得有點快。車廂內的人越來越少，睿欣準備下車，而男士正看着她，點了點頭，尾隨她下了車，她滿心期待着會發生什麼，就在這時聽見他說：「小姐……」

/////////////

我和往常一樣，乘搭電車回家。今天的天氣下着微雨，即使隔着口罩也能聞到清新的洗刷過的城市的味道，一個身穿白裙的女子吸引了我的視線。她身材纖瘦，臉色紅潤，只見她匆忙擠上電車的座位，就正坐在我的面前，我看了看她，要怎麼告訴她呢？直接跟她說？旁邊的乘客也會聽見，這樣很尷尬吧，她似乎感受到我的目光，我急忙望向別處，糟了，她不會以為我是電車「癡漢」吧！她似乎跟我在同一站下車，猶豫再三，還是直接跟她說吧，於是，我叫住她：「小姐，您的裙子似乎髒了，有些明顯。」

39

痕跡

// 徐振邦

晚上。

「噠噠噠⋯⋯」一輪機關槍掃射後，路面暫時回復平靜。

「我留守在皇后像廣場，可以暫時拖延日軍的進攻。你帶着小男孩向金鐘方向走。」游擊隊員甲說。

「不可以，我不會丟下你一人。」游擊隊員乙回應着，「我們要共同抵抗日軍。」

甲拍着乙的肩膀說：「小孩是無辜的，你要好好保護他，把他帶走。犧牲我一人，是沒有問題的，明白嗎？」

乙望着男孩，欲言又止。

大概只有十歲的男孩卻鼓起勇氣地說：「我不怕死。」

「好。」甲摸着男孩的頭說，「我掩護你們，你們從這裏跑到匯豐銀行。然後，再由你們掩護我，我們在匯豐銀行匯合。好嗎？」

「我們在匯豐等你。」乙說完，拉着男孩一直走。甲看準時機，也跟着二人的步伐，順利到達匯豐銀行。

他們三人沒有被日軍發現，幸運地躲在銀行門口施迪銅獅的背面。

甲對乙說：「我們從電車路一直走，就可以到達金

鐘。金鐘有游擊隊把守，只要能走到金鐘，我們就可以脫險。」

乙點點頭，然後說：「我帶着男孩跑到『史提芬』（另一隻匯豐銅獅）那邊吧。」說完，乙馬上向前走。

可是，這次沒有剛才般幸運，他們還未跑到史提芬的身邊，就聽到幾下「呼！呼！」的槍聲。

乙抱着男孩走，幸好沒有中槍。

甲馬上開槍還擊。

甲示意乙，要他二人馬上向前直跑，但乙和男孩堅決不走，乙舉起槍，留在原地跟日軍駁火。

「如果我們在這裏僵持不下，只會引來更多日軍，到時候，我們三人就被圍困了。」甲心想，「我們還是要冒險向外走吧。」

躲在施迪旁的甲對銅獅說：「施迪，請你保佑我吧。」然後，甲拔腿就走。

這時，乙也跟銅獅史提芬說：「請你要保佑我們。」乙馬上帶着男孩向着金鐘方向狂奔。

日軍發現他們三人的身影，旋即向他們開火。

甲和乙聽到幾下槍聲，但在沒有掩護之下，也顧不了太多，只能奮力向前走。

他們走得越快，槍聲也同時增多。正當他們覺得無

路可逃的時候，忽然聽到兩把獅子吼叫的聲音，接着，傳來了日軍慘叫的聲音。

他們三人不敢回望，只知道要不斷向前走。出乎意料之外，他們竟然沒有受傷，還安全抵達金鐘，被游擊隊救走了。

////////////

爺爺站在匯豐銀行一對銅獅中間，對孫兒講述抗日戰爭的事跡。

「爺爺，這個故事是真的嗎？」

「是真的。」

「那麼，是這兩頭獅子救了那三個人嗎？」

「我不肯定，可能真的是銅獅顯靈。」爺爺繼續説，「你可以看看兩頭獅子的身上，還留有不少由子彈所做成的槍痕。這些痕跡，可能是銅獅在救人時，被子彈射中的。」

孫兒半信半疑地説：「你怎麼會這樣肯定呢？」

「當然，我不知道銅獅有沒有顯靈，但我可以肯定，那晚在九死一生的情況下，三個人都可以安然無恙，已經是一個奇跡了。」

「你知道他們真的逃脱了？」

爺爺微笑着説：「當然，當然。那個被游擊隊拯救的小男孩，就是我了。」

離島區

40

憶

/ 文婷

　　長洲——一個既陌生又熟悉的地方，因為疫情關係，這個小島便成了一解港人未能旅行之苦的最佳旅行地。阿城吃着一顆如雞蛋般大的魚蛋，他想，這個魚蛋的粉感比上次吃到的多。上次，是多久之前的事情了？

　　週末的長洲，人潮擁擠，他們臉上掛着各式的笑容，但阿城沒有，他只有滿身的疲倦。他輕輕點燃香煙，任由思緒隨意飄散。

　　「寫上我們的名字縮寫，然後再畫一顆心吧！」一對情侶正拿着鎖在談論着。在靠近海灘方向的東灣路，有一堵用鐵絲網築起的牆，上面掛滿不同的情侶鎖。

　　這堵牆在長洲是著名的情侶鎖牆，不知是誰仿照了巴黎塞納河畔的愛情鎖，也在長洲用鐵絲網築起一堵牆。當時，他還覺得無稽，既沒有神靈庇佑，又不是宗教地方，可是女友還是虔誠地拉着他去掛鎖。

　　「你將這個牌當作許願牌嗎？怎麼寫這麼多願望？」

　　「也沒有很多，就是寫了『美滿幸福』、『長長久久』啦，還有我們的名字喲！」

　　「拜託，這又不是月老廟，你寫的願望誰來實現？這麼浪費錢，不如買杯沙冰，多解渴！」

「嗯……確實沒有，但我們有一顆顆心啊。只要我們願意相信，心願是可以成真的！」

兩把聲音交織着。

「你要是真的這麼想，我也沒辦法。」

「你總是說我不尊重你，但你這樣有尊重過我嗎？」

「終於說出你的內心想法了，你就是嫌棄我，早點說吧！」

他怎麼突然忘記了呢，第一次去張保仔洞，洞裏昏暗，當時還是女友的她，緊緊地抓住他的手。就是那時候，他便認定，他想要成為這個女孩的依靠。他們曾一起騎着自行車慢悠悠地在街道穿梭，他們曾分享過同一種口味的芒果糯米糍，他們更一起看過長洲最燦爛的夜空。

黃昏被夕陽拉得很長，他看到一對外國夫婦正手牽着手在長長的海岸線漫步，於是，他掏出手機，將留言框上的「我們離婚吧！」逐字刪除，他想，時間不早，要回家了。

她一定也忘記了，要把長洲的愛帶回家。

41

回來了

// 徐振邦

　　她上次去機場時，已經是兩年前的事。她清楚記得這個日子，那天是 2020 年 2 月 24 日。

　　「待工作完成後，我就會回來。」她的丈夫突然被上司安排到外國的子公司，處理事務，需要匆匆離開香港，連回家收拾行李的時間也沒有。

　　「什麼時候才能回來？」她問。

　　「半年吧，」丈夫安慰着她説，「在復活節假期時，你可以來找我。」

　　她點點頭，只能無奈地答應。

　　然而，好景不常。疫情瞬間在全球肆虐，幾乎所有地區都有不同程度的防疫措施。結果，兩人身處的地方因疫情緣故，未能如常通關。在復活節見面的約定，只能成為泡影。

　　「復活節未能見面，只好改在暑假吧。」丈夫跟她説，「到了暑假，你可以帶兒子一同前來。公司給我安排的宿舍，環境很不錯，你們住上一個月，也不成問題。」

　　她透過視像對話，同樣是無奈地點點頭。

　　可惜，疫情持續升溫，各地區的防疫措施的規格不斷提高。於是，他們不僅在暑假未能見面，就算之後的

離島區

聖誕節、農曆新年等假期，他們仍舊分隔異地。

更不幸的是，他在外地染上了疫症，被送到深切治療部；在差不多同一時間，留在香港的她和兒子兩人，同樣染上了疫症。三個人，在異地進行隔離，感覺就像「雙重隔離」一樣。

如是者，他們分開了兩年多了。

這天，2022 年 9 月 26 日——在兩人分開三十二個月之後，她帶着四歲的兒子來到機場，準備迎接丈夫回來。

她拖着兒子來到入境大堂 B 區的位置，默默等候丈夫的歸來。

兒子首次來到機場，對機場感到陌生；其實，兒子對父親，同樣感到陌生。畢竟，在父親離開香港時，兒子只有一歲。當時，兒子還未懂得叫「爸爸」。

「爸爸回來了嗎？」兒子問。

她指着顯示航班資料的螢幕說：「爸爸乘搭的飛機，在十五分鐘前已經着陸了。」

兒子似懂非懂地望着航班資料，呆呆地等待着。

過了不久，有一男一女走到她的面前。男的問道：「你是 Philip 先生的太太嗎？」

「是。」

「我們是 Philip 先生的同事。」女的開腔，然後

遞上一個盒子，「我們感到很抱歉，現在 Philip 先生回來了。」

男的拉着一個行李，接着說：「還有，這是 Philip 先生留下來的所有物品。」

她還未有回應，兒子問道：「爸爸呢？他回來了嗎？」

她望着兒子，流下了淚，點點頭：「回來了。」

用微型小説寫香港

文婷

　　起初，聽見徐老師問我是否有興趣繼續寫微型小説的時候，我內心還是不夠自信的。即使我是中文系畢業，可除卻還是學生時的寫作課業外，我其實並沒有正經地寫作，還是害怕做得不好。直至老師提出可以合作寫一本時，我才稍稍放下心來。然而，認真思考後，我可以寫些什麼？

　　某日，我到米線店吃宵夜時，我觀察到，跟我同桌的一對母女，她們點了一碗米線，在期間，只見媽媽不停地往女兒的碗裏夾各類丸子肉類，自己僅僅吃了很少，而老闆娘似乎知道些什麼，另外端上一碗有各類肉的米線，説：「快打烊了，扔了可惜。」之類的話。我並不知道這對母女的家庭背景如何，但已經被人與人之間的善意所感動，於是，我決定，就寫香港吧！這個擁有一千多平方米和生活着七百多萬人的土地上，每天又有多少不同的故事發生呢？我用拙劣的筆頭從一個生活觀察者的角度書寫，最終，在米線店所遇到的事，成為了我的微型小説中的人物。

　　我的文筆仍十分淺陋，但若能讓你會心一笑，抑或讓你有所思考，更甚能讓你獲得些許正能量，便是我最

大的榮幸。此外，還要十分感謝徐老師給我這次寶貴的機會，以及在寫作上給予我許多有用的意見和建議，才能完成這本微型小說集。

寫於屯門
2022 年 12 月 11 日

寫在書後

　　那晚，我約了文婷在藍地吃晚飯，天南地北，無所不談。最後，我們的話題轉到寫作。

　　我對文婷說：「你還有興趣寫微型小說嗎？」

　　「有。」

　　「有興趣，就要努力寫，然後把文章結集成書。」

　　「這個好像有點難。」

　　「沒有問題的，你有寫作方向嗎？」

　　「我有一個想法。」

　　「說來聽聽，可以嗎？」

　　「想寫香港。」

　　「香港？」

　　「是。以香港景點做背景，寫有關香港的故事。」

　　「這個很有意思。」

　　「但是，談何容易呢。」

　　「試一試，無妨。」

　　「要寫多少字？」

　　「一本書，起碼要有三、四萬字。」

　　「豈不是要有三、四十篇？」

　　「這個是最低要求了。」

「那麼，我可能要用上幾年時間。」

「如果是合作寫，又如何？」

「怎樣合作寫？」

「你跟我，一人一篇。」

「如果是這樣，我就輕鬆了一半。你真的肯寫嗎？」

「其實，我也想寫香港。」

「我們就這樣決定？」

「當然。」

「實在太好了。」

「在我的腦中，閃過了一個書名。」

「書名是什麼？」

「山旮旯。」

//////////

《香港山旮旯》就是我和文婷在吃着「有米豬」時，所想到的構思，希望讀者喜歡微型小説、喜歡香港、喜歡山旮旯。

吃於藍地季季紅 2022 年 9 月 30 日

寫於天水圍寓所 2022 年 11 月 25 日

香港作家巡禮　**香港山旮旯**

作者：文婷、徐振邦

繪者：Chiki Wong

主編：譚麗施

美術主編：陳皚瑩

美術設計：梁穎嘉

封面題字：尹孝賢

校對：連希敏

總經理兼出版總監：劉志恒

行銷企劃：王朗耀、葉美如

出版：明報教育出版有限公司

　　　香港柴灣嘉業街 18 號明報工業中心 A 座 15 樓

　　　電話：(852) 2515 5600　　傳真：(852) 2595 1115

　　　電郵：cs@mpep.com.hk

　　　網址：http://www.mpep.com.hk

發行：香港聯合書刊物流有限公司

　　　香港新界大埔汀麗路 36 號中華商務印刷大廈 3 樓

印刷：創藝印刷有限公司

　　　香港柴灣利眾街 42 號長匯工業大廈 9 樓

初版一刷：2023 年 7 月

定價：港幣 88 元｜新台幣 395 元

國際書號：ISBN 978-988-8796-23-6

補購方式

網上商店

· 可選擇支票付款、銀行轉帳、PayPal 或支付寶付款
· 可選擇郵遞或順豐速遞收件

電話購買

· 先以電話訂購，再以銀行轉帳或支票付款
· 訂購電話：2515 5600
· 可選擇郵遞或順豐速遞收件

mpepmall.com

讀者回饋

感謝你對明報教育出版的支持，為了讓我們能更貼近讀者的需求，
誠邀你將寶貴的意見和看法和我們分享，請到右面的網頁填寫讀
者回饋卡。完成後將有機會獲贈精美禮物。數量有限，送完即止。

https://www.mpep.com.hk/hkflashfiction